KB179737

콩닝 孔寧_
지구의 신부

초판 1쇄	인쇄 2018년 6월 10일
초판 1쇄	발행 2018년 6월 23일
지 은 이	원츠화(文赤樺)
옮 긴 이	김승일
발 행 인	김승일
디 자 인	조경미
펴 낸 곳	경지출판사
출판등록	제2015-000026호

판매 및 공급처　도서출판 징검다리

주소　경기도 파주시 산남로 85-8

Tel : 031-957-3890~1 Fax : 031-957-3889 e-mail : zinggumdari@hanmail.net

ISBN 979-11-88783-45-8 03820

콩닝 孔寧
지구의 신부

원츠화(文赤樺) 지음 | 김승일 옮김

경지출판사 Korea Wisdom China 新世界出版社 NEW WORLD PRESS

CONTENTS

1
Chapter

「웨딩」(웨딩을 앞둔 신부?)　　　…07

2
Chapter

하늘 거리^{天街}의 아이　　　…63

3
Chapter

핑크빛의 우연한 만남 · · · 129

4
Chapter

그녀의 연인, 그녀의 무덤 · · · 185

후기 · 번외
나의 푸른 지구 꿈 · · · 251

만리장성에서의 행위 예술 「나비」

1
Chapter

「웨딩」(웨딩을 앞둔 신부?)

1. 「웨딩」 (웨딩을 앞둔 신부?)

이제 곧 이순에 접어드는 콩닝孔寧은 베이징에서 꽤나 유명한 형사사건 전문 변호사였다. 그는 사형수를 변호하는 사건만 전문적으로 맡곤 했는데, 의뢰인 중에는 일반 가정의 자녀에서 조직폭력배에 이르기까지 다양한 신분에 속하는 사람들이 있었다.

그러나 더 널리 알려진 그녀의 신분은 즉, 업계를 뛰어넘는 당대 예술가라는 것이다. 유화를 그리고, 시를 쓰고 설치미술과 행위예술 등 그녀가 종사하는 모든 예술은 인성, 생명과 관련된 것들이다. 그녀의 「웨딩」 시리즈 작품은 유일하게 대중들 앞에 빈번하게, 꾸준히 나타난, 푸른빛의 천체를 수호하는 것을 주제로 한 행위예술인데, 이 예술행위는 매우 감동적이다. 지난 5년간 그녀는 베이징의 톈안먼天安門 광장에서부터 국문을 나서 뉴욕의 타임스퀘어, 파리의 에펠탑, 그리스의 아크로폴리스…… 사방을 돌아다니며 수많은 상처를 받은 지구를 위해 호소했다.

마치 지구를 위해 변호하는 변호사가 된 것처럼……

2015년 12월 1일, 중국의 가장 유명한 랜드마크인 톈안먼이 "사라졌다" 베이징에서 가장 눈에 띄는 랜드마크인 중앙텔레비전방송국의 '거대한 반바지'처럼 생긴 청사가 "사라졌다" 그 이유는 스모그가 그들을 삼켜버린 것이다. 다만 자동차의 불빛만 깜빡이며 "보이지 않는 이 도시"를 장식하고 있었다.

이날 오전 동삼환로東三環路의 가장 번화한 국제무역 CBD구에서 연회색의 짙은 스모그 속에서 순백의 '신부'가 걸어 나왔다. 그녀는 흰 마스크를 착용했는데 큰 눈이 유난히 빛나고 있었다. 몸 뒤로 바닥까지 드리운 흰 웨딩드레스가 마치 19세기에 유행했던 유럽 상류사회 '베이즐' 롱드레스와 흡사했다.

이 날의 그 '신부'는 다름 아닌 콩닝이었다. 그 순백의 웨딩드레스는 그녀가 999개의 스모그 방지 마스크를 사용해 꼬박 이틀 밤을 들여 직접 만든 스모그 웨딩드레스였다. 〈사진 1〉

"저는 스모그 '신부'예요. 푸른 하늘에게 시집을 가려고 해요."

그녀의 행위와 외침소리가 주변의 눈길을 끌었다. 사람들은 푸른 하늘을 갈망하듯이 이 여류 예술가의 '혼례'를 기다리고 있었다.

〈사진 1〉 콩닝이 999개의 마스크로 만든 웨딩드레스 를 입고 '신랑'인 푸른 하늘을 기다리고 있다」(주: 중앙텔레비전방송국 거대한 '반바지' 청사 앞의 사진)

그런데 '신랑'인 푸른 하늘은 그림자조차 보이지 않는다. 그래서 콩닝의 행위예술은 황당함과 풍자를 탄생시켰다. 즉 '신랑'인 푸른 하늘이 나타나는 순간이 바로 '스모그 신부'가 사라지는 순간이라는 것이다.

콩닝은 신랑 '푸른 하늘'을 부르는 행위예술이 일상인 것처럼 여기며 살고자 하는 것 같았다. 베이징에서 스모그가 낀 날마다 그는 일상적으로 입는 옷에 100여 개의 마스크를 주렁주렁 달아 몸에 걸쳐 입고 문을 나서곤 했다. 어떤 행인들은 그가 "쇼를 한다"며 경멸에 찬 눈으로 흘겨보기도 했다. 그러나 그는 전혀 개의치 않아 했다. 그의 마음속에는 "사람들이 언젠가는 나를 이해해줄 날이 오겠지"하는 소리가 들려오는 것 같았다.

아니나 다를까 콩닝이 '흰 드레스'를 입은 지 며칠이 지나지 않아 12월 7일 베이징시당국이 사상 최초로 심각한 공기오염을 알리는 적색경보를 발령했다.

그래서 콩닝은 또 밤새 새로운 '웨딩드레스'를 만들었다. 이번에 만든 드레스는 수백 개의 오렌지색 플라스틱 나팔로 만든 웨딩드레스였다. 이튿날 그녀는 웨딩드레스를 입고 '오렌지색 나팔 신부'로 변신해 거리로 나갔다. 그녀는 베이징 성북의 고루에서 출발해 계속 남쪽으로 걸어갔다. 〈사진 2〉

〈사진 2〉 행위 예술 「오렌지색 나팔 신부」

베이징에 와서 아르바이트를 하는 한 외지 여인이 휴대폰을 들고 전화하다가 '스모그 신부'를 발견하자 서둘러 전화를 끊고 그녀를 뚫어져라 바라보더니 눈물을 글썽였다. 그녀는 울음 섞인 어조로 콩닝에게 말했다.

"너무 감동적이에요. 날이 이렇게 추운데도 그 웨딩드레스만 입고 다니니 얼마나 춥겠어요. 이게 다 환경보호의 중요성을 알리기 위해서가 아니겠어요? 우리 모든 사람들을 걱정해서 그러시는 게 아닌가요?"

"우리 모든 사람을 걱정해서" 이름도 모르는 한 아르바이트 여성의 입에서 나온 이 말에 콩닝은 크게 감동했다. 그녀도 눈가에 촉촉한 눈물을 머금고 그 낯선 여인을 꼭 껴안아주었다.

그리고 그녀는 그 추운 거리를 따라 계속해서 앞으로 걸어갔다. 변호사직에 종사했었던 때문인지 콩닝에게는 대담하고 두려움을 모르는 힘이 있었다. 2014년 겨울의 어느 날 온 도시가 스모그에 덮여 있었다. 콩닝은 자신이 그린 「스모그 어린이」라는 제목의 유화를 들고 톈안먼 광장에 나타났다. 그림 속의 어린이는 커다란 마스크를 착용하고 큰 눈을 부릅뜨고 있었는데, 두 눈에는 억울함과 두려움, 의혹의 빛이 가득 담겨 있었다. 〈사진 3〉

그 눈은 마치 "우리들의 푸른 하늘은 어디 있죠? 우리들의 흰 구름은요? 다 어디로 갔죠?"라고 묻고 있는 것 같았다. 그 그림 속의 부릅뜬 두 눈은 어쩌면 환경오염을 돌이켜보는 콩닝 마음속에 있는 두 눈이었을 것이다. 그 눈은 마찬가지로 마스크로 얼굴을 가리고 머리를 숙인 채 스모그로부터 도망치듯이 길을 재촉하고 있는 행인과 흥미로운 대비를 이루고 있었다.

콩닝은 초현실적인 방법으로 푸른 지구를 소재로 하는 영화를 찍을 것이라면서 영화 제목은 「큰 눈」이라고 할 것이라고 말한 적이 있었다. 이는 그녀의 큰 눈이 사명감을 안고 왔음을 암시해주고 있는 말이었다. "단순하게 인류의 눈이 아니라 문제를 해결하려는 눈인 것이다!"

〈사진 3〉 콩닝의 유화 「흙비 속에 서 있는 인형」

비록 「스모그 어린이」 그림을 들고 톈안먼 앞을 걸어서 지나갔지만, 그것은 엄격한 의미에서 말하는 행위예술은 아니었다. 그러나 지향적인 의미가 분명한 그러한 예술 작품을 들고 큰 정치적 상징성을 띤 광장에 나타났다는 자체가 잠재적 위험이 있는 예술적 행동이었던 것이다. 아니나 다를까 광장에서 근무 중이던 한 경찰이 콩닝을 막아서더니 그녀에게 휴대폰에 담은 영상을 삭제할 것을 요구했다.

그런데 경찰이 미처 생각지 못한 것은, 눈앞에 서 있는 강한 논리적 사유와 예측 능력을 갖춘 변호사 출신의 이 여성이 미리 경찰이 나타나기 전에 이미 자신이 준비해온 다른 한 휴대폰을 용감한 낯선 남자에게 맡기며 자신이 「스모그 어린이」 그림을 들고 톈안먼 앞을 걸어지나가는 영상을 찍어달라고 부탁했다는 사실이다. 이렇게 함으로써 후세 사람들에게 그 역사적 증거가 될 수 있는 영상을 남길 수 있었던 것이다. 〈사진 4〉

〈사진 4〉 톈안먼 광장에서의 콩닝과
그녀의 유화 「스모그 어린이」

"이 세계는 환경 및 지구와의 관계를 소홀히 한 채 경제발전에만 몰두해 왔다. 마치 맹목적으로 나는 듯이 앞을 향해 달리는 자동차처럼 바로 앞에 낭떠러지가 있어 당장이라도 굴러 떨어질 판인데도 미처 깨닫지 못하는 것과도 같다. 그래서 반드시 누군가가 용감하게 나서서 핸들을 꺾어야 한다. 그리고 나, 나의 행위예술이 바로 그 핸들을 꺾고자 하는 그 사람인 것이다. '휙 휙' 핸들을 꺾어 차를 빨리 멈춰 세워야 한다."

자신의 이러한 비유와 기묘한 생각에 대해 콩닝은 스스로 자랑스러워했으며 아이처럼 너무 기뻐서 어쩔 줄을 몰라 했다.

그녀의 「스모그 어린이」 그림이 베이징의 구체적인 스모그 날씨에 대한 직접적인 태도를 드러낸 것이라면, 그 후 그녀의 '웨딩'을 주제로 한 모든 행위예술은 그 어떠한 구체적인 현상을 전적으로 뛰어넘어서 환경과 인류의 운명에 영향을 주는 여러 가지 관심과 반성에서 나오는 사람들의 깊은 생각을 더 한층 불러일으키는 폭넓은 표현이라고 할 수 있었다.

콩닝의 예술창작에 오랫동안 관심을 기울여온 홍콩의 유명한 영화감독인 쉬커^{徐克} 는 그녀의 행위예술에 대해 다음과 같이 말했다.

"스모그로 가득 찬 베이징 공기 속에서 콩닝은 다양한 디자인의 신부 드
레스를 입고, 도시 속에서 푸른 하늘과 맑은 공기가 얼마나 중요한지를
시민들에게 알려주고 있다. 지구 생태의 회복을 바라는 그녀의 울부짖음
과 인류생명의 존중에 대한 그녀의 추구는 그녀의 행위예술 창작에서 멈
추지 않고 뜨거운 피와 격정의 질주를 이어가고 있다."

콩닝의 의식 속에서 인류는 마땅히 지구에 속죄해야 한다! 인류는 지구의 자원
을 누리고 소모하고 허비하면서도 지구가 이미 엄청난 과부하 상태에 처해 참을
수 없이 분노하고 있다는 사실을 전혀 모르고 있다. 그러한 분노는 마치 폭발하
는 화산과도 같고 울부짖는 쓰나미와도 같은 것이다! 지구는 인류에게 한 번 더
기회를 주려고 하며 여전히 기다리고 있다. 그러면서 인류가 언제나 이를 깨닫고
잘못된 인식에서 벗어날 수 있을지를 살펴보고 있다.

사실 지구는 이미 인류에게 징벌을 내리고 있다고 해도 과언이 아니다. 극단

적인 기후변화로 인해 빙하가 녹아내리고 해수면이 계속 상승하고 있으며, 바다 생물의 다양성 구조가 바뀌고 있는 것 등이 이를 대변해 주고 있다. 콩닝은 예술가의 책임은 예술로서 어떤 일에 대해 사람들의 불감증에 대한 각성을 불러일으키고 인류의 그릇된 생존이념을 바로잡는 것이라고 생각했다. 그녀가 종사하고 있는 행위예술은 하늘이 그녀에게 보낸 비밀편지이다. 편지에서 그녀에게 지구의 운명을 위해 변호하라는 사명을 내려주었던 것이다.

콩닝은 지구의 고통스러운 신음소리를 들었다. 그래서 그녀는 지구를 위해 외치려고 했다. 「스모그 어린이」 그림이 그녀가 지구를 지키기 위해 내지른 첫 번째 외침으로서 조금은 앳된 모습이고 발가벗은 모습이었다면, 그 다음 이어지는 '웨딩'을 주제로 한 일련의 행위예술 - 몽골 말과의 웨딩마치를, 푸른 하늘과의 웨딩마치를, 우림과의 웨딩마치를, 푸른 잎과의 웨딩마치를, 평화와의 웨딩마치를 통해서 고요하고 평온한 분위기 속에서 인류가 거주하는 이 천체에 대한 깊고도 오랜 정을 보여주었으며, 이를 통한 '힘찬 변호'는 은근함과 부드러움 속에서 사람들의 마음속에 녹아들었던 것이다.

2016년 늦가을 그녀는 천 마리의 '평화 비둘기'를 가지고, 오늘날 예술의 중심이라 불리는 뉴욕에 와서 또 한 번 '웨딩드레스'를 입었다. 그녀는 타임스퀘어에서 많은 사람들에게 아픔을 남겨준 '9.11' 유적지에서, '평화와 웨딩마치'를 올리고자 했던 것이다.

　　11월 19일 뉴욕의 정오 12시에 콩닝은 '평화 비둘기 웨딩드레스'를 입고 '9.11' 유적지에 당도했다. 그런데 지리적 위치의 특수성으로 인해 뉴욕시정부가 이곳에 대해 필요한 규제조치를 취했다. 설령 평화를 호소하는 주제의 행위예술일지라도 이곳에서 전개하는 것은 허용할 수 없다는 것이었다. 그래서 이곳 유적지에서 콩닝의 예술행위는 순조롭게 이루어질 수 없었다. 이제 막 팔을 벌려 평화를 외치려고 할 때 수갑을 든 뉴욕 경찰에 의해 제지당하고 말았던 것이다.

　　비록 그녀의 전시 시간이 너무 짧아 1분도 채 안 되었지만, 콩닝 스스로는 예술표현을 이미 완성했다고 생각했다. 그녀는 다음과 같이 자신의 심정을 말했다.

" '9.11'테러사건에서 조난당한 무고한 희생자들에 대한 나의 애도를 표현하는 행위를 완성했고, 또 하늘을 향해, 전 세계를 향해 평화를 호소하려는 나의 소원을 표현하는 것을 완성했다. 나의 이런 행동의 용기를 통해 사람들이 평화를 사랑하게 될 수 있기를 바라며, 피부색을 가리지 않고 국경을 뛰어넘어 생명을 소중히 여기는 마음이 무감각해 지지 않기를 바란다."

그날 오후 2시에 콩닝은 맨해튼에 위치한 타임스퀘어로 갔다. 그녀는 천 마리의 평화 비둘기가 달린 「비둘기 웨딩드레스」라는 작품을 입고 뉴욕의 하늘을 올려다보았다. 새 한 마리가 하늘에서 자유로이 날고 있었다. 그 새를 바라보는 순간 콩닝은 자신도 모르게 눈물이 앞을 가리는 것을 알 수 있었다. 2001년 9월 11일 테러사건에서 조난당한 2,996명의 불행한 희생자들의 모습이 순식간에 그의 마음속에 나타났기 때문이었다. 〈사진 5〉

그녀는 자신의 이러한 예술 표현이 조금이나마 이들에게 위안이 되었으면 하는 마음의 기도를 올림과 동시에 위안을 얻은 듯한 그들의 모습들이 눈에 어른

〈사진 5〉 2016년 11월 미국 뉴욕의 911광장에서의
행위 예술 「평화와 웨딩마치를」

거림을 느낄 수 있었다. 그녀가 베이징에서 미국까지 가지고 온 '평화 비둘기 웨딩드레스'는 은빛 셀로판지와 공기를 불어넣을 수 있도록 만들어진 흰 평화 비둘기로 만들어졌다. 햇빛을 받아 은은한 빛을 뿌리는 셀로판지 웨딩드레스는 현대화한 마천루를 상징하며 길이가 45미터에 이르는 웨딩드레스의 치마꼬리는 마천루의 유리벽을 암시했다.

콩닝은 긴 치마꼬리 위에다가 가위로 오려 만든 백 여 개에 이르는 창문을 만들어 넣었는데, 그것은 높은 건물에 있는 모든 방의 창문을 열어놓아 아름다운 평화 비둘기가 창문으로 날아가 꽁꽁 닫힌 빌딩 속에 있는 사람들과 1분간 친근하게 마주볼 수 있게 한다는 의미를 나타낸 것이었다. 콩닝은 그의 곁을 지나가는 사람들이 풍선에 공기를 불어넣는 것처럼 평화 비둘기 하나하나에 공기를 불어넣은 뒤 공기를 불어넣은 사람의 이름을 적어 그녀의 '비둘기 웨딩드레스' 위에 달아놓거나 치마꼬리에 나있는 '창문' 위에 달아놓아 주기를 바랐다. 그래서 그녀가 "평화와 웨딩마치를 올린" '비둘기 신부'가 될 수 있도록 도와주기를 바랐다. 평화에 대한 열망은 인류의 공통된 감정임이 틀림없다. 그들이 전혀 다른 피부색을 띠고 있고, 전혀 다른 언어를 사용하는 사람들일지라도 말이다. 아니나 다를까 콩닝이 타임스퀘어에 모습을 드러내자마자 즐비하게 늘어선 빌딩들 사이를 누비던 수많은 시민과 관광객들이 바로 그녀의 예술을 이해하고 너도나도 분주히 걸어 지나던 발길을 멈추고 그녀와 함께 평화 비둘기들에 공기를 불어넣기 시작했다.

어떤 사람들은 뉴욕에서 펼치는 콩닝의 예술행위에 대해 알아주지 못하고 이해하지 못했다. 그들은 한 중국인이 먼 길을 달려 뉴욕까지 와서 "평화와 웨딩마치를 올리려는 것"을 매우 멍청한 행위라고 여겼다. 그런 행위가 무슨 의미가 있느냐는 생각에서였을 것이다.

그러나 똑같이 중국에서 온 여성문제 연구학자인 장딩거張丁歌 는 지금도 콩닝의 예술행위 중 여러 가지 세세한 의미부여에 대한 인상을 되새길 때마다 여전히 가슴이 설레곤 한다고 말한다.

"콩닝은 줄곧 동사[動詞]로써 인생을 써내려가고 있으며, 하늘과 땅을 무한한 존재로 만들고 있다. 뉴욕에서 그녀가 전시한 예술행위는 사실 몇 세대 중국 여성들에게 있어서 항상 부족했던 어떤 정신적 기질을 반영한 것이다."

콩닝의 멍청함은 마치 비틀즈의 리더 존 레논을 닮았다. 냉전시기에 레논이 베트남 전쟁을 반대하고 평화를 호소하고 나섰을 때 당시 어떤 사람들은 그를 멍청이라고 했다. 그러나 레논의 대답은 "모든 사람이 나를 바보 멍청이라고 말해도 나는 개의치 않는다. 평화를 호소하는 나의 목소리가 전해질 수만 있으면 된다"라는 것이었다. 이처럼 독립적인 사고를 할 수 있고 예술가로서의 사회적 책임을 짊어졌다는 면에서 콩닝과 매우 비슷했던 것이다.

그때 당시 장딩거는 컬럼비아대학교에서 방문학습 중이었는데 「난자의 전쟁」이라는 다큐멘터리를 촬영하는 중이었다. 그 다큐멘터리는 결혼과 출산 적령기 여성에 대해 탐구하는 내용이었는데, 생육 권리에 대한 선택, 초조함, 사고 및 곤혹 등에 대해 다루고 있었다. 그래서 콩닝의 "평화와 웨딩마치를"이라는 행위예술은 그녀가 촬영 중인 다큐멘터리의 일부가 되었다.

콩닝을 촬영한 첫 번째 장소로 중앙공원의 딸기장원을 선택했다. 그 곳은 비틀즈의 리더 존 레논의 미망인 오노 요코가 레논을 기념해 조성한 곳이다. 오노 요코와 레논도 1960년대 말, 반전 관련 행위예술을 전개했는데, 바로 그 곳에서 훗날 미국 전역을 들썩이게 했던 구호 – "전쟁이 아닌 사랑을 할 거야"를 외쳤던 것이다.

장딩거는 촬영 과정에서 주변 거리의 예술가들이 여전히 레논의 "전쟁은 싫어, 사랑을 위해 울고 있어……" 등의 노래를 부르고 있었다고 말했다. 그녀는 "그 모든 것이 내가 표현하고자 하는 내용이었으며, 콩닝의 행위예술에 존재하는 정신적 기질과 너무나도 일치했다"라고 말했다.

그 정신적인 기질이 바로 콩닝의 몇 분간에 불과한 '웨딩'에 대한 표현이었다.

수도 없이 많은 사람들이 모두 콩닝 '신부'의 모습을 알고 있었지만 그녀가 왜 그처럼 꾸준히 자신을 '시집 보내려고' 하는지에 대해 모든 사람이 다 이해하는 것은 아니었다. 콩닝은 오랜 세월 동안 '웨딩'을 자신이 표현할 주제로 삼아왔다. 그 주제가 바로 생명에 대한 관심이었다. 그녀의 '웨딩'의 본질 역시 생명과 웨딩마치를 올리는 것이었다. 그것은 그녀의 예술창작에서 근본적인 출발점이었다. 뉴욕에서 어느 한 중국어 방송국의 인터뷰를 받을 때 콩닝은 이렇게 말했다. "여성 예술가로서 내 일생의 모든 사랑과 희망을 표현하고자 하는 예술에 인생을 기탁했다. 그 뜻은 바로 생명을 소중히 여기자는 것이다. 인간의 생명, 동물의 생명, 환경의 생명을 말이다."

"평화와 웨딩마치"를 올리는 것은 그녀가 소녀시절 때부터 저도 모르는 사이에 생겨난 소원이었다. 콩닝의 소녀시절은 내몽고의 북쪽 변경에 있는 만저우리滿洲里에서 보냈다. 그 시절이 그녀에게는 특별한 나날들이었다. 미국의 레논들이 반전집회 시위행진을 크게 벌이고 있을 때 중국은 전시 대비 태세에 들어서 있었다. 소련의 침략을 경계하기 위해서였다. 콩닝은 서로 다른 시간과 장소에서 여러 차례나 다음과 같이 회고한 적이 있다. 그녀는 자기 집 뒤쪽 창가에 쪼그리고 앉으면 국경선 위에 세워져 있는 탱크와 '카츄샤'가 보이곤 했다는 것이다.

'카츄샤'는 소련에서 대량으로 생산한 다연장 로켓포(Katyusha)를 말한다. 그런 자주포는 흔히 트럭에 탑재되어 있곤 했다. 다른 자주포에 비해 '카츄샤'는 한 번에 대량의 화력을 집중시킬 수 있고, 반격을 받기 전에 재빨리 피할 수 있는 장점을 갖추고 있었다. 로켓포 생산이 철저한 기밀사항이었기 때문에 소련의 붉은 군대는 그 무기의 정식 명칭이 무엇인지 알지 못했다. 그래서 그 무기에 여성의 이름에 많이 사용되는 애칭인 '카츄샤'라는 이름을 지어 불렀다고 했다. 독일군은 그 무기를 '스탈린의 오르간(Stalinorgel)'이라고 불렀다.

중국과 소련의 밀월시기에는 소련의 보위전쟁을 다룬 영화들이 대량으로 중국에서 상영되었다. 그래서 거의 모든 중국인들이 영화를 통해 '카츄샤'가 일반 소련 여자의 이름뿐이 아니라 소련 다연장 로켓포의 이름이라는 것을 알게 되었다.

중·소 국경선 맞은편의 광경은 분명 콩닝의 어린 마음에 떨쳐버릴 수 없는 거대한 그림자를 드리워놓았을 것이다. 그 때문에 그녀는 지금도 그 장면들이 보이는 악몽을 꾸곤 한다고 했다. "나는 전쟁을 겪어보지 못했는데도 마음속에 그처럼 큰 그늘이 드리워져 있는데, 오늘날 여전히 전란을 겪고 있는 아이들은 얼마나 두려움에 떨고 있을지 짐작할 수 있다. '평화와 웨딩마치'를 이라는 예술을 통해 어른들에게 무기를 내려놓고 어린이들이 공포가 없는 평화로운 환경 속에서 태어나 즐겁게 자랄 수 있도록 해줄 것을 호소하고 싶다."

여성은 생명을 낳아 키울 수 있는 존재이다. 콩닝의 '웨딩'은 바로 여성의 시각으로 탈공업화시대에 파괴된 고유한 사회질서에 대해 관찰하고 그 새로운 질서 아래서 사람과 사람 사이, 사람과 자연 사이에 존재하는 사람을 불안하게 만드는 여러 가지 사회문제에 대해 짚어본 것이다. 그녀가 보기에 지구는 영국의 산업혁명 때부터 기분이 언짢아지기 시작했던 것이다. 인류는 온갖 방법을 다 써가며 지구의 심장에 대고 여러 가지 실험을 진행했다. 핵무기 개발, 재부를 창조하기 위한 분주한 움직임, 슈퍼 대국으로의 변신과 같은 내용이 그러한 것에 포함된다.

인류는 말을 타고 자전거를 타던 데서부터 비행기를 타고 고속철을 타며 속도가 가져다주는 자극과 첨단 과학기술이 가져다주는 생활면의 편리함을 누리고 체험하고 있다.

그러나 "그대가 만족스러운 표정을 짓고 깊이 잠들어 있는 사이에 지구가 그대를 정겹게 바라보면서 '모두가 청춘을 낭비하고 있고 아름다운 경치를 스스로 파괴하고 있다. 사람들은 시시때때로 긁고 파곤 하면서 내 몸에다 수도 없이 많은 구멍을 내고 수도 없이 많은 상처를 남기고 있다!'라고 중얼중얼 혼잣말을 하고 있으리라는 것"을 사람들은 의식하지 못하고 있다.

이 모든 것을 콩닝은 탐욕을 미화하고 덮어 감춘 문명의 발전과정으로 보고 있었으며, 바빌론의 철탑처럼 허황되고 폐허와 같은 현대화라고 생각하고 있었다. "이는 지구가 원하는 인류가 아니라 지혜로써 스스로를 훼멸시키고 있는 인류이다. 인류는 이미 녹슨 금과 은 조각의 절망적인 시대에 들어섰다." 그 문제는 결국 생명의 문제로 귀결되며 개체의 생명과 인류의 생명을 존중하고 아끼는 문제이다. 콩닝은 어쩌면 생명에 대해 철학적 의미에서 사고해본 적이 없을 수도 있다. 그러나 그녀는 생명에 대한 자신의 본능적인 관심에 비추어 보고 예술가의 민감한 마음에 비추어 보며 인류가 공동으로 직면한 그 문제들을 특별한 예술 표현으로 전환시킨 것이다. 그것이 바로 생명을 찬송하는 「웨딩」의 행위예술인 것이다.

콩닝의 친구는 그녀에게서 빼어난 기상과 용기가 느껴질 뿐 아니라 귀기鬼氣와 외계인의 기질이 느껴진다고 말했다. 그녀 자신은 "나는 확실히 일반적인 의미에서 말하는 정상적인 사람이 아니다!"라고 늘 말하곤 한다. 어쩌면 생물학적인 의미에서 콩닝은 오래 전에 이미 그녀의 육체에서 탈출해 더 이상은 물리학적인 존재가 아닐 수도 있다! 비록 그녀가 그대 옆에 서서 그대와 대화를 주고받고는 있지만, 그녀는 어쩌면 다른 곳에서 그대를 주시해보고 있을지도 모른다.

깨끗한 설산 꼭대기에서 혹은 푸른 바다 밑에서, 혹은 산호초 위에 단정히 앉아서 말이다.

그녀가 말했다. 그녀의 예술행위는 절대 맹목적인 것이 아니라 우주의 이끌림을 받았다는 것이다. 그런 점에서 보면 그녀는 우주가 지구를 사랑하고 아껴주라고 보낸 "멍청한 아이일 지도 모른다!" 영혼의 깊은 곳에서 그녀는 인류 전체를 꿰뚫는 기묘한 체험을 한 적이 있다. 6살 나던 해의 어느 날 콩닝은 자신이 지구 밖에 쪼그리고 앉아 회전하고 있는 지구를 바라보고 있는 느낌이 들었다고 했다. 그가 본 지구는 온 몸이 두드러기 투성이었으며 참을 수 없는 고통을 느끼고 있는 것 같았다는 것이다. 〈사진 6〉

〈사진 6〉 콩닝의 유화「지구를 바라보고 있는 아이」

그로부터 42년이 지난 2006년의 어느 날 밤에, 베이징 충원먼崇文門 아파트에서 콩닝은 또 자신이 살고 있는 12층 건물에 갑자기 V자 모양의 큰 구멍이 열리더니 하늘에서 거대한 머리 하나가 불쑥 나와 이 도시를 굽어보고 있는 꿈을 꾸었다는 것이다. 꿈에서 그녀는 그 머리가 그녀에게 "나는 너의 아버지다!"라고 말하는 소리를 똑똑히 들었다고 했다.

꿈에서 깬 콩닝은 그 꿈은 하늘이 꿈에 나타나 그녀에게 당장 지구를 위해 무언가 하라고 일깨워준 것이라고 생각했다. 그리고 그녀는 아주 경건한 마음으로 그 깨우침을 받아들였다는 것이다. 그것은 곧 "나는 지구를 알고 있다. 그래서 나는 자신도 모르는 사이에, 이 세계에서 살아가고 있고 자신도 모르는 사이에, 나는 고통 속에서 사색하고 있었기에, 창작 과정에서 특히 회화와 행위예술 속에서 우주가 나에게 부여한 사명을 온전하게 표현하고 있는 것이다"라는 깨우침이었다는 것이다.

현재 세계 각지의 사람들은 모두 진실하지 않은 그릇된 인식에 빠져 있다. 그들은 모두 지구에게는 생명이 없다고 여기고 있다. 그들은 지구는 신경이 있고 맥박이 뛰고 있으며 숨을 쉴 줄 안다는 사실을 모르고 있다고 그녀는 말했다.

"지구가 시달림을 받아 신경이 끊어지고 혈액 공급이 되지 않게 되면, 지구는 근육이 줄어들게 되고 힘이 빠지게 된다! 그러면 지구는 사망할 것이다! 그리 되면 인류도 멸망할 것이다! 계속 그렇게 나간다면 세계도 더이상 존재하지 않을 것이다!"

이제는 외손녀와 외손자를 각각 하나씩 둔 외할머니가 된 콩닝이지만 사람들은 그녀를 보게 되면 여전히 그리스신화에 등장하는 슈퍼 에너지를 소유한 미스터리 같은 여성 부족^{部族} 으로 대담하게 사랑하고 대담하게 미워할 줄 아는 용감하고 어여쁜 아마조네스를 떠올리게 된다. 〈사진 7〉

전설 속의 아마조네스는 금발머리에 파란 눈을 가졌고, 몸매가 우람하며 말타기와 활쏘기에 능하고, 본도(Pontus) 즉 오늘날 터키의 흑해 연안 부근으로 유럽대륙과 아시아대륙의 접경지대에 살고 있었던 여성 부족이었다.

그 곳은 높은 산에 둘러싸여 있으며 북쪽은 흑해, 서쪽은 드넓은 예시르 강이 흐르는 매우 은폐된 곳이었다. 여 전사들로 이루어진 부족은 계절을 정하고 이웃 민족의 남자들을 만나 가지를 뻗고 잎을 뿌려 후대를 번식하곤 했다.

〈사진 7〉 콩닝의 행위예술 「약동하는 주황색」, 높이 10미터(2015년), ((2016년 6월)

그렇게 여자아이를 낳으면 아마조네스 부족이 키워 새 세대의 여 전사로 키우고 남자아이를 낳으면 아버지에게 보내지거나 죽였다고 한다.

여자아이는 어른이 되면 여 전사가 되는데 그녀들은 활쏘기에 편하도록 오른쪽 유방을 도려내 적과 싸우게 했다고 한다. 그리스신화에 나오는 무수히 많은 영웅들은 모두 그녀들과 싸움을 한 적이 있었다.

그녀들처럼 운명이 정해져 있었던 듯 2017년 12월 17일 콩닝은 그리스에 왔다. 유구한 역사를 가진 아크로폴리스의 발아래에서 그녀는 또 사람들의 이목을 끄는 지구 보위 예술인 "생명은 한 방울의 물과 같다는 내용을 표현한 「작은 푸른 아이」 행위예술"을 완성하기 위해서였다.

그녀는 자신이 직접 디자인한, 분해 가능한 플라스틱으로 만든 푸른색의 땅에 끌리는 긴 '웨딩드레스'를 입고 두 손으로는 「작은 푸른 아이」 인형을 받쳐 들고 현지 환경보호주의자들과 함께 아테네의 '성산' 위에 위치한 아크로폴리스에 우뚝 섰다. 그녀는 걷다가 멈춰 서곤 하면서 세계 여러 나라에서 온 관광객과 아테네 주민들에게 "지구의 부담을 가중시키지 말자"는 그녀의 환경보호이념을 전파하였다. 그녀는 사람들에게 바쁜 발걸음을 잠깐 멈추고 지구를 보호하기 위해 무엇을 할 수 있을지를 생각해볼 것을 호소했는데, 이는 엄연한 아마조네스의 여 전사 모습이었다.

기원전 5세기에 세워진 아크로폴리스는 그리스 인들에게 무궁한 힘과 강대한 보호막을 가져다주었다. 콩닝이 푸른 하늘과 푸른 바다에 싸인 이 옛 성을 선택해 그녀의 「작은 푸른 아이」의 행위예술을 선보인 데는 깊은 의미가 있었다. 그녀가 두 손에 받쳐 든 「작은 푸른 아이」는 크나큰 지구를 예민하고 연약한 아이처럼 생각해 두 손으로 받쳐 보호해야 한다는 의미였으며, 사람들은 반드시 한 방울의 물방울처럼 가볍게 살아가야 하며, 이미 견디기 어려울 정도로 몸살을 앓고 있는 지구에 더 이상 부담을 주거나 폐를 끼치지 말아야 한다는 의미를 담고 있었다.

당시 콩닝은 이런 말을 했다.

"내가 만약 어린 아이처럼 여리고 작다면 진심으로 지구를 위해 표현할 때, 지구는 심지어 온 우주는 나를 손바닥 위에 올려놓고 나에게 끝없는 사랑을 줄 것이다! 그런 사랑의 느낌은 너무나도 신기할 것이다. 그것은 혈육의 정을 넘어서 남녀 사이의 정을 넘어서 전체 생명이 모두 지구와 우주에 꼭 안겨 있는 것 같은 것이기 때문이다!"

이것은 그녀가 십 년을 꾸준히 환경보호 예술에 종사할 수 있는 힘의 원천이기도 했다. 지구와 우주가 그녀에 힘을 실어준 것이다!

그러한 기묘함과 행복함을 느낄 수 있었기 때문인지 그녀는 외로움과 초조함으로부터 점점 더 멀어지는 것 같았다. 그녀를 가장 사랑하는 지구와 우주가 있어 그녀에게 신비로운 힘을 주고 있기 때문이었다. 그 힘이 그녀에게 영원히 마를 줄 모르는 예술적 영감을 주었으며, 여러 생을 살더라도 못 다 그릴 그림과 못 다 지을 시, 끝날 줄 모르는 초현실주의 표현을 가져다주었던 것이다.

그녀 자신의 생명과 외부의 어지러운 세계 사이에는 진퇴^{進退} 가 자유로운 공간이 형성되었다. 그녀의 예술과 현실세계 사이에는 밀접히 연결되어 있으면서도 또 아무런 관계도 없다. 그녀는 말했다.

"그대가 예술창작에서 보여주려는 내용이 어떠한 공리의 보답도 요구하지 않을 때 그대의 진심이 생생하게 살아서 움직일 수 있고, 눈부신 빛을 발할 수 있으며, 마음도 더없이 자유로울 수 있는 것이다!"

　그리스에 오기 일주일 전인 2017년 12월 12일, 콩닝은 파리에서 "하나의 천체"라는 주제의 기후변화 정상회담이 열리는 회의장 밖에서 최초로 「작은 푸른 아이」 행위예술을 전시했었다. 그녀는 파리를 시작으로 하여 5년 동안 꾸준히 그녀의 「작은 푸른 아이」를 데리고 모든 '파리협정' 체결국들을 돌며 "생명을 한 방울의 물로 생각하자. 물처럼 조용히 왔다가 조용히 가 흔적을 남기지 말고 지구에 무게를 보태지 말자"는 녹색 가치관을 전 세계에 전파할 계획이었다. 콩닝은 자신이 「작은 푸른 아이」 예술행위를 전시하는 모든 국가에서 「작은 푸른 아이」 예술형태를 이용한 녹색의 가치관을 내용으로 하는 편지를 그 나라 지도자에게 보냈다. 그녀는 자신이 협정 체결국을 돌아다니며 펼치는 '녹색사건'을 통해 인류가 살고 있는 푸른 빛을 띤 천체인 지구를 보호하기 위해 싸우는 일에 더 많은 사람들이 동원되어 행동에 옮길 수 있기를 바랐다. (사진 8)

〈사진 8〉 콩닝이 「작은 푸른 사람」 행위예술은 AFP 등 각국 매체들로부터 인터뷰를 요청받았다.

'파리협정'을 체결한 국가들을 다 돌아다닌 뒤, 콩닝은 또 계속하여 「작은 푸른 아이」를 데리고 세계를 일주하면서 환경보호에 대한 자신의 표현을 전시하고, 새로운 생활방식을 창도^{唱導}함으로써 전 세계 사람들이 지구를 보호하는 행렬에 적극 동참하게 할 계획이었다. 그녀는 이렇게 말했다.

"우리는 반드시 지구를 기쁘게 해주어야 한다! 인류는 하나의 지구 위에서 살아가면서 마땅히 한 가족처럼 지구를 아껴주어야 하며 함께 녹색의 미래를 건설해야 한다! 모든 미래 생활 소비품을 지구에 돌려줄 수 있도록 할 것을 호소한다. 지구가 즐거워야 인류가 비로소 진정으로 즐거워질 수 있는 것이다!" 〈사진 9〉

그녀는 그녀처럼 '녹색 미래'를 꿈꾸는 모든 사람들과 손잡고 이 지구, 이 푸른 천체의 '녹색의 미래'를 위해 멈추지 않고 싸울 것이다. 그리스의 철학 교수이자 자기 분야를 뛰어넘은 예술가이며 격정이 넘치는 환경보호주의자인 데모스테네스 다비타스(Demosthenes Davvetas)가 그 싸움에 동참하였다.

〈사진 9〉 파리정상회담에서 전 세계에 발표한 25장의 사진보도에 선정되었다.(2017년).

그는 환경문제는 우리 매 한 사람과 연결되어 있다고 말했다. 2018년에 그는 콩닝과 합작해 예술형태로써 대화를 진행할 계획이다.

그 중에는 서로의 시를 중국어와 그리스어로 번역하는 것도 포함된다. 다비타스는 자신과 콩닝의 대화가 "우리 역사와 과거에만 국한되는 것이 아니라, 인류와 밀접한 연관이 있는 당면한 일부 문제들에 대해서도 토론하게 될 것"이라고 생각했다. 콩닝은 열정적이고도 대담한 행위예술가이다. 그녀를 잘 아는 친구들은 모두 콩닝이 내면적으로는 기실 매우 민감하고도 우울한 영웅주의자라고 말한다.

'웨딩드레스'를 벗은 콩닝은 전혀 때가 묻지 않은 갓난아기와 같았다.

1958년 한여름에 3국 접경지대의 작은 마을 만저우리^{滿洲里}에서 태어난 이 여성은 어렸을 때부터 영웅에 대한 콤플렉스가 깊었다.

그녀는 십이월당 01 혁명당원에게 존재하는 귀족정신, 즉 문화수양과 역

---

01) 19세기 초반 러시아의 비밀혁명결사조직인 데카브리스트를 '십이월당'이라 했는데, 여기에 참가한 당원들은 귀족 청년 장교들이 중심이 되었다. 이들은 전제정치에 반대하는 혁명을 시도하였으나 실패하였다.

사적 사명감을 갖추고 영혼의 자유를 추구하는 그런 정신을 숭상했다. 그래서 자신의 힘이 닿는 한 그녀는 늘 "모든 사람을 걱정해주었으며" "뭐든지 해주려고 했다."

1980년대 말 콩닝이 변호사로 근무할 때 맡은 사건 중에 사회 취약 계층인 농민공을 도와 권리를 수호해 준 사건이 있었다. 그 사건에서 그녀는 허베이河北 츠위慈裕 현의 농민공을 위해 8만 위안에 이르는 공사 잔여 금액 미수금을 받아주었다. 그녀가 열정과 정의감을 안고 사건을 맡았는데, 맡고 보니 삼각 채무사건으로 까다로운 상황이었다.

톈진天津의 한 유리공장에서 농민들을 고용해 일을 시키는 고용주가 돈을 주지 않고 있었다. 교활하고도 법을 모르는 고용주는 돈이 없다는 이유로 공사 잔여 금액 지불을 거절했던 것이다. 일반적으로 이와 같은 보잘 것 없는 경제소송의 경우 변호사나 변호사사무소들이 맡는 것을 꺼리곤 했다. "수고하고도 좋은 소리 못 듣고, 또 때로는 수당을 한 푼도 받지 못하는 경우도 있었기 때문이었다." 그러나 콩닝은 추호의 망설임도 없이 이 사건의 수임을 맡았다. 그 이유는 단순했다. "아무런 도움도 받을 수 없는 그들을 보는 게 너무 힘들었다. 집을 떠나 돈을 버는 일이 얼마나 고생스러운가! 어쩌면 집에서 어린 아이가 학교에 내야 할 학비를, 노인이 병 치료에 쓸 비용을 기다리고 있을지도 모를 일이었다."

그녀는 가을부터 시작해 이튿날 봄까지 베이징, 허베이, 톈진 등을 누비면서 끝내 그 농민들의 미수금을 받아주었다. 그러나 콩닝은 수당으로 200위안만 받았을 뿐이었다. 그런데 음력설을 앞둔 그믐날 밤 감동적인 일이 일어났다. 콩닝이 엄마네 집에서 물만두를 빚고 있는데 갑자기 문을 두드리는 소리가 다급하게 들려왔다. 문을 열어 보니 몇몇 농민이 막 잡은 돼지 한 마리를 받쳐 들고 문 앞에 서 있었던 것이다. 그들은 마치 제단에 올릴 제물을 받쳐 들고 있다는 듯이 추운 겨울밤에 밖에 서 있었다. 그들은 자신들을 위해 공사 잔여 금액을 받아준 콩닝에게 감사의 마음을 전하기 위해 왔던 것이다. 지위는 낮으나 본분을 지키고 은혜를 갚을 줄 아는 정 많은 그들을 지금에 와서 돌이켜봐도 콩닝은 여전히 감회에 젖곤 했다.

콩닝은 언제나 머리카락을 뒤로 빗어 하나로 높이 묶고 빨간 머리끈을 동여맺으며, 앞머리는 눈썹 위에까지 가지런하게 잘라 이마가 덮이게 빗곤 했는데,

이것이 그녀의 상징적인 모습이 되어버렸다. 두 눈은 영원히 호기심으로 가득 차 깜빡였고, 즐거우면 웃고 슬프면 울고 하면서 자신의 감정을 감추지 않았으며, 우쭐하지도 않고 겉치레에도 신경 쓰지 않았다. 그녀는 툭하면 자신이 아끼는 야마하 오토바이를 타고 속력을 내 달리면서 슬픔을 바람에 날려 보내곤 했다. 그녀는 생각이 자유로웠으며 옷차림이나 일을 처리할 때 강호의 협객 기질을 보이는가 하면, 때로는 꽃다운 소녀로 변신하기도 했다.

　나이는 그녀에게는 신분증과 모든 법률문서 위에 적힌 숫자에 불과할 뿐이었다. 1960년대 만저우리에서 사춘기를 보낸 콩닝은 조용할 틈이 없었다. 국경에서 일어난 '전바오다오^{珍寶島} 전투'와 '문화대혁명'이 가져다준 가정의 변고로 인해 그녀는 소년기에 삶의 무게를 체험하게 되었다. 그녀와 그녀의 오빠는 두려움을 피해 오랜 동안 땅굴에서 살기도 했다. 그녀가 13살 되던 해 어머니가 병환이 심해 상하이에 있는 병원으로 옮겨져 치료를 받게 되었다. 병원에서 어머니를 간호하기 위해 그녀는 병원에 간병인으로 취직하였다. 그 때 그녀는 "환자들을 위해 변기도 씻고 화장실 청소도 하였고, 또 시신을 업어 나른 적도 있다"고 했다. 그 시기 그녀의 아버지는 스스로 목숨을 끊어 그들 곁을 떠나고 말았다.

이 모든 것은 한 소녀가 감당하기엔 너무나 힘든 악몽이었다. 1980년대 초에 이르러서야 그녀는 비로소 과거의 억울한 누명을 벗은 어머니를 따라 베이징으로 오게 되었다. 그때서야 동쪽에서 떠오르는 해와 푸른 하늘을 볼 수 있었다.

콩닝은 "안전감이 없었다. 기억 속에는 두려움과 추위뿐이었다"라고 말했다.

변화무쌍한 동란의 시대에 자라난 그녀는 어렸을 때 가장 많이 들었던 말이 "소리 내지마!"라는 소리였다. '적'들이 집안에서 나는 소리가 들리면 뛰어들까봐 두려워서였던 것이다. 공습경보가 울리거나 신호탄이 발사되면 성 안에 있는 사람들은 모두 두 눈을 꼭 감고 숨을 죽이곤 했다.

신호탄이 땅에 떨어진 뒤 한참이 지나서야 사람들은 겨우 안도의 숨을 내쉬면서 폭탄이 자신의 몸에 떨어지지 않아 또 하루 목숨을 부지하게 된 것을 다행으로 여기며 가슴을 쓸어내리곤 했다는 것이다. 만저우리는 소련에서 겨우 9킬로미터밖에 떨어져 있지 않은 거리에 있었다. 집에서 '전시 대비'를 하던 나날이었기에 경보가 울리기만 하면 콩닝은 북쪽 창문에 엎드려 창문 너머로 국경지대를 바라보기만 했다. 소련군의 탱크가 꼬리에 꼬리를 물고 눈길 위를 지나가는 모습이 어슴푸레 보였는데, 그 모습이 마치 검은 개미들이 줄을 지어 지나가는 것 같았다. 그 '검은 개미'들이 이따금씩 그녀의 꿈에 들어오곤 했는데 꿈에서도 그녀는 숨을 죽이곤 했다. 그런 그녀였기에 그녀는 매일매일 만저우리를 벗어나는 환상을 안고 살았다.

현실에서 벗어나려는 극도의 불안이 꿈속에서 현실이 되어 나타났다. "그녀는 검은 고양이 한 마리가 준마로 변해 아버지와 어머니, 할머니와 오빠, 그리고 집에 있던 큰 가죽 트렁크까지 태운 수레를 끌고 가는 꿈을 몇 번이나 꾸었다. 꿈에서는 모든 것이 그녀의 옆에 있었다. 그 꿈에서 그녀는 마차를 타고 가면서 즐겁게 웃었다. 달리던 말은 갈기에서 빛이 뿜어져 나왔는데 마치 번쩍이는 군도처럼 온 식구를 데리고 두려움을 헤치고 만저우리를 벗어났다"고 했다.

꿈에서 깨어 보니 사람들은 여전히 땅굴 속에 숨어 두려움에 떨고 있었고, 국경선에서는 여전히 소련군의 탱크가 왔다 갔다 하고 있었는데, 꿈에서 봤던 준마는 훗날 그녀의 그림 속에 자주 등장하는 신비로운 형상으로 표현되었다. 더군다나 그녀는 언제나 잘 생긴 말 한 필을 한 여자 옆에 그려 넣곤 했는데, 그 말은 언제나 강인한 표정을 짓고 있고, 그 여자는 언제나 두려움에 질린 표정을 짓고 말에 기대 있곤 했다. 그렇게 의지하는 친밀한 모습은 사람들에게 슬프면서도 따스함을 느끼게 해주었다. 인간 세상에는 슬픔과 고통도 많다. 두려움도 끝이 없고 사랑에도 끝이 없다. 오로지 그 꿈속의 준마만이 믿음직하고 의지할 수 있는 존재였던 것이다. 여기서의 말은 고난과 질곡에서 벗어나 자유에 이를 수 있음을 상징하는 존재였던 것이다.

2015년에 그녀가 네이멍구 다마오^{達茂} 초원에서 「말과 웨딩마치를」이라는 주제의 행위예술을 선보인 것이 바로 그녀가 영혼의 자유를 추구하고 있음을 표현한 것이다.

2014년 춘삼월 콩닝은 친구와 함께 다마오로 갔다. 차를 몰고 시라무런^{希拉穆仁} 초원으로 달려가면서 눈앞에 끝없이 펼쳐지는 초원의 드넓고 강인한 분위기에 매료되었다. 비록 가뭄으로 생명의 녹색이 적긴 했지만 대신 유난히 황막하고 고적함을 자아냈다. 문득 콩닝은 다년간 찾아 헤매던 집에 돌아온 듯한 느낌이 들었으며 생명의 귀속을 찾은 느낌이 들었다. 〈사진 10〉

그녀는 옆에 같이 탄 다마오의 선전부장인 아이징^{艾靜}에게 '광활하다'를 몽골어로 어떻게 말하냐고 물었다.

"싸루라"라고 그 몽골족 여성 부장이 대답했다.

〈사진 10〉 잡지 『미국예술』에 실린 콩닝이
그린 포스터 『말과 웨딩마치를』 (2017년)

"싸루라" 이역적이면서도 황량한 느낌이 드는 발음을 듣는 순간 콩닝은 갑자기 눈물이 샘솟듯이 흘러내렸다. 마치 그 발음이 아득히 먼 곳에서 떠도는 메시지를 불러다 고향이 없는 사람이 정처 없이 떠돌고 있는 듯한 마음과 우연의 일치를 이루게 했기 때문이었다. 어쩌면 마치 바람 따라 흩날리다가 사처에 흩어져 떨어진 들꽃이 된 듯한 느낌이었을 것이다. 콩닝의 동년 시절 기억 속에서 그녀의 동년배 아이들은 늘 그녀를 '멍청한 계집애' 혹은 '바보'라고 불렀다.

매일 학교 갈 때마다 언제나 몇몇 아이들이 그녀가 지나가는 길목에서 기다리고 있다가 그녀에게 진흙덩이를 집어 던지거나 심지어 그녀에게 발길질까지 하며 괴롭히곤 했다. 그들이 왜 그러는지 그녀는 알 수 없었으며 반항도 하지 않았다. 그러나 두렵지도 않았다. 머리 위에 푸른 하늘이 그녀를 덮고 있는 느낌이 들었고, 머리를 들어 하늘을 쳐다보면 너무나 자유로워 모든 것을 잊을 수 있었기 때문이었다. 그녀는 자신이 동년배 아이들과 다르다는 것을 알고 있었다. 그녀는 4살에야 겨우 걸음마를 뗐으며, 말주변이 없던 그녀는 작은 들꽃과 작은 돌멩이를 마주하고 말하는 것을 좋아했기 때문이었다.

사람은 여전히 차 안에 앉아 있었지만 영감은 이미 굴레 벗은 야생말처럼 콩닝의 마음속에서 종횡무진 돌진하고 있었다.「말과 웨딩마치를」위한 장치와 행위예술을 준비해 초원과 몽골의 말들에게 선사하자! 〈사진 11〉, 〈사진 12〉

이듬해 가을 그녀는 길이가 40미터, 무게가 수십 킬로그램에 달하고 수천 떨기의 "싸루라" 장미에 물 방울, 별, 잎으로 만들어진 웨딩드레스를 입고 시라무런 초원을 지나 안다바오즈安達堡子 고성을 걸어 지나갔다.

적잖은 사람들이 콩닝은 왜 말에게 "시집가려 하지?"하고 의문스러워 하는 듯했다. 사실 예전에 변호사로 근무할 때도, 그 후 예술가가 된 후에도 콩닝의 마음속에는 줄곧 용감한 몽골의 말이 살고 있었다. 그 말은 강인하고 용감하며 고통과 어려움을 참고 견딜 줄 알고 용감하게 앞으로 돌진하는 정신의 상징이었다. 콩닝은 그런 말에 대해 가슴 가득히 깊은 정과 경의를 느끼고 있었다. 네이멍구(내몽고)를 떠난 지 30여 년이 되지만 그 말은 줄곧 그녀에게 정신적으로 영향을 주었다.

어떤 평론가가 그녀의 예술창작에 대해 시에서 그림에 이르고, 행위예술에 이르기까지 언제나 천마가 하늘을 나는 듯이 자유롭고 호방한 기세를 자랑한다고 형용했다. 콩닝은 네이멍구의 다시디大溪地에 작업실이 하나 있다.

〈사진 11〉 콩닝이 초원에 헌납한 「별들^{星群}」 작품

〈사진 12〉 콩닝이 초원에
헌납한 「물방울 구슬^{水珠}」

그 곳에서 그녀는 사람과 말이 함께 있는 유화 30폭을 창작했는데 색채가 너무나도 눈부시고 아름다웠다. 그녀는 사람과 말 사이에 서로 믿고 의지하며 서로 돕고 서로 위하고 사랑하는 감정들을 화폭에 담아 남김없이 드러내 보였다고 할 수 있다.

다시디 작업실의 탄생 자체가 콩닝의 또 다른 예술적 재능이 빛을 발하기 시작했음을 증명해 준다. 2012년부터 베이징이 스모그에 뒤덮이기 시작했다. 푸른 하늘과 흰 구름을 갈망하는 콩닝은 베이징을 떠나 후허하오터[呼和浩特] 로 왔다. 비행기에서 내려 택시를 타고 도심으로 들어오면서 다시디를 지나게 되었는데 문득 칭기즈칸 조각상 부근에 신축 가옥이 줄지어 선 것이 눈에 들어왔다. 그녀는 정서적으로 옛날에 살았던 곳으로 돌아온 느낌이 들어 그 즉시 이층주택을 임대해 작업실로 쓰기로 했다.

그런데 방문을 열고 들어서서 보니 실내는 3층으로 되었는데 방바닥이며 벽이며 인테리어가 전혀 되어 있지 않은 상태였다. 콩닝이 창턱 위에 누워 온통 울퉁불퉁한 바닥과 벽을 둘러보노라니 마음 한 구석에서 쓸쓸함이 괴어올랐다. 그러나 창밖에서 바람에 흔들리는 나무가 눈에 들어온 순간 그녀는 "여기가 곧 내

집이다"하고 생각하게 되었다.

　열흘 뒤 그녀는 노동자들을 불러 시멘트로 바닥이며 벽을 고르게 펴 바른 뒤 흰 커튼도 걸었다. 그리고 종이박스를 20개나 사서 베이징에서 생활용품과 그림 도구를 한 차 가득 옮겨왔다. 마치 영원히 베이징으로 돌아가지 않을 사람처럼…… 그리고 그림을 그리기 시작했다. 그런데 방범 창문도 없는 이 낯선 곳에서 밤이 되면 두려움이 엄습해왔다. 매일 밤 12시까지 그림을 그리고는 근처에서 저렴한 여관을 찾아 잠을 잤다. 그리고 아침에 눈을 뜨면 다시 작업실로 가 그림을 그리곤 했다. 다시디에서 그녀는 "오직 베이징에서 가지고 온 음악과 작은 솥, 주전자, 그릇들, 그리고 아버지와 어머니의 사진만이 나의 곁을 지키고 있을 뿐이었다"라고 말했다. 떠돌아다니던 그녀의 영혼이 잠시나마 안정을 찾았던 것이다.

　준마에 대한 콩닝의 뜨거운 사랑, 혹은 준마에 대한 깊고도 특별한 감정은 태어날 때부터 가지고 있었던 것 같았다. 그녀의 세차게 일렁이는 혈액에서 4분의 1은 유목민족, 즉 그녀 아버지의 유전자였다. 콩닝의 아버지는 네이멍구 군사지역의 용맹스러운 기마병이었다. 다우르족인 그는 우람한 체구에 영준英俊한 용모,

소탈한 성격의 소유자였다. 초겨울과 늦가을이면 긴 모직 코트를 입고 털모자를 쓰고 소가죽장갑을 낀 채 집 문을 나서곤 했는데 지금 봐도 너무나도 모던한 차림이었다.

아버지를 닮아 콩닝은 사람을 대할 때 소탈하고 대범했지만 내면은 수줍음을 많이 탔다. 요즘처럼 허풍, 경박, 겉치레가 성행하는 시대에 내면의 수줍음이 미덕이 되어버린 줄을 그녀 자신은 모르고 있었다.

바로 그녀가 예술에 종사하면서도 예술의 울타리 안에서 허송세월하지 않고 경매 회사와 결탁하지도 않으며 교제에도 열중하지 않고, 또 대중에게 아양을 떨지도 않는 것과 같은 맥락이었다. 그녀의 가장 훌륭한 작품은 모두 그녀가 가장 자아에 빠져 있을 때 마음속에서 우러나 뿜어져 나온 것인데, 그런 작품이 오히려 예술계의 시선을 끌었다.

"푸른 하늘과 웨딩마치를 올리려고 한" 그날도 마찬가지였다. 그날 그녀는 집으로 돌아와 시를 한 수 지어 환경에 대한 '애수'를 드러냈다.

나는 눈부신, 슬픈 나팔 모양의 웨딩드레스를 입고

무겁고도 어쩔 수 없는 그러나 뜨거운 마음으로 거리에 나섰네.

이는 병이 골수에 사무쳐 위급함에 처한 회색 하늘이 구조를 청하는 것,

이는 살아 숨 쉬는 생체,

예를 들어 개미와 같은 생체가 핍박에 못 이겨 어두운 굴속에 들어가기 전의 깜빡임이요,

황당한 행위로 여겨 훔쳐보는 남다른 대상이 된 것에 대한 외침이다.

나는 추위의 엄습에도 무관심한 눈빛에도 더 이상 아랑곳하지 않는다.

나는 지구의 신부라는 바보 같은 생각만 한다.

어찌 보면 그녀가 반항을 하고 있는 것처럼 보일 수도 있지만, 사실은 이 세계와 진지하게 대화할 수 있는 다양한 표현 형태를 모색하고 있는 것이다. 그녀는 자신이 몸담고 있는 세계가 좋아지게 하려는 집념을 가지고 있다. 그런데 그녀가 할 수 있는 일은 예술적인 방법으로 창작을 진행하는 것이다. 한편으로는 두려워하고 불안해하면서도 또 한편으로는 아이처럼 두려움 모르고 거리낌 없이 대담하게 표현하는 것이다.

그녀가 그렇게 말하는 것은 마음속으로 인류사회를 배척하고 대자연을 더 가까이하고 있기 때문이다. 대자연은 그녀에게 더 명확하고 순수한 느낌을 주고

있지만 사람에 대해서 그녀 자신은 변명하기가 너무 어렵다고 말한다. "가끔은 사람들 속에 끼어있으면서 어떤 사람들이 쉴 새 없이 말을 하고 있는 것을 듣고 있어도 나는 그들이 무슨 말을 하는지 알아들을 수가 없다. 이익과 관련된 내용이 그 말 속에 들어 있는 것 같은 느낌이 들기 때문이다."

그녀는 "내 집은 하늘이다. 나는 하늘의 아이이다. 내 집에서는 그 많은 사람들이 매일 토론하고 있는 물질사회 관련 주제가 필요하지 않다"라고 자주 말하곤 한다. 콩닝이 「웨딩」 이라는 행위예술에 종사해온 지도 어언 십 년이 되어간다. 그런데도 매번 자신이 직접 디자인해 제작한 '웨딩드레스'를 입고 머리를 들어 하늘을 쳐다볼 때마다 그녀는 눈물을 금하지 못한다고 한다. 매번 처음 웨딩드레스를 입는 신부가 된 느낌이란다. 그녀가 자신의 느낌에 대해 이렇게 말했다. "하늘이 나에게 입을 맞춰주고 나를 어루만져주는 것 같다. 나는 한 걸음 한 걸음씩 천천히 앞으로 나가면서 우주에게 했던 나의 약속을 이행하고 우주가 나에게 맡겨준 임무, 즉 지구를 보호하는 임무를 완성하고 있을 뿐이다." 〈사진 13〉

〈사진 13〉 콩닝이 제작한 「우주인 복」(2018년)

콩닝의 작품 「우연한 만남」,
2018년 4월 10일 파리의 개선문에서.

2
Chapter

하늘 거리^{天街}의 아이

2. 하늘 거리天街의 아이

1958년 8월 29일 어느 무더운 여름날 만저우리 싼다오제三道街의 한 산부인과병원에서 여자아이가 태어났다. 그 아이는 평범한 아이였지만, 썩 평범하지 않은 집안에서 태어났고, 매우 평범하지 않은 세월 속에서 자랐다.

네이멍구의 동북부에 위치한 만저우리는 중·러·몽 3국 접경지대에 위치해 있으며, 1901년에 세워진 도시이다.

1958년은 평년이었다. 별 관측자들의 시각으로 보면 이 해는 때 맞춰 비가 오고 바람이 불어 운세가 매우 좋은 한해였다. 그러나 역사 대사기大事記 에는 두 건의 군사행동이 기록되어 있다.

한 건은 이국에서 작전에 참가했던 중국인민지원군이 조선에서 전면 철군해 만저우리에서 멀지 않은 압록강을 거쳐 조국으로 철수한 것이다. 1958년 3월 12일 중국인민지원군 본부가 철군 성명을 발표해 3월 15일부터 10월 26일까지 세 차례에 나누어 지원군을 조선에서 전면 철군시켜 귀국시킬 것을 결정하였다.

다른 한 건은 8월 23일 '진먼金門포격전'이 일어난 것이다. '진먼포격전'을 일부 역사학자들은 제2차 국공(국민당과 공산당)내전의 일부로 보고 있으며, 이는 또 현재까지 국공 쌍방 육해공군의 마지막 대결이기도 하다.

　　포격전은 중국인민해방군이 일으켰다. 포격전에서 해방군은 진먼다오金門島의 군사목표지점을 공격했고, 후에는 해운선을 봉쇄하고 진먼을 고립시켰다. 국민당군은 너무 갑작스러운 공격을 미처 막아낼 수 없었으나 후에 전투가 계속됨에 따라 전투력을 점차 회복하였다. 또 미국 해군의 호위를 받아 진먼 공급선을 유지할 수 있었으며, 심지어 8인치 유탄포를 이용해 반격하기까지 했다.

　　10월 초 해방군이 봉쇄를 포기하고 "홀수 날에는 포격하고 짝수 날에는 포격을 중지한다"고 전략을 바꾼다고 선포하였으며, 공세를 점차 줄였다.

　　이 여자아이와는 아무런 관계도 없어 보이는 이 사건들이 이 나라에서 여러 가지 혼란과 시련을 겪게 될 것임을 예시하고 있었다. 그리고 그 보송보송한 여자아이는 이 묵직한 배경 막 위에 떨어진 진주처럼 변화무쌍한 여러 가지 역사사건 속에서 이러 저리 굴려졌다. 그러나 구슬 표면의 윤기는 비록 닳아서 사라졌지만 구슬 안은 여전히 새하얀 모습 그대로였다.

이야기는 만저우리에서 그 여자아이가 눈을 뜬 순간부터 놀랍고 두려운 복선을 묻어놓았다.

여자아이의 어머니는 하얼빈의 한 자본가 딸이었는데 용모가 출중했다. 큰 눈에 휘어든 눈썹을 가진 북방 사람 특유의 서글서글한 그런 아름다움이었다. 그 아리따운 어머니는 여자아이에게 콩닝이라는 이름과 닝닝이라는 아명을 지어주었다. 콩닝 어머니의 어머니, 다시 말하면 그녀의 외할머니는 외할아버지의 둘째 첩이었다. 어머니가 12살 되던 해에 외할아버지는 홀로 대만으로 갔다. 1년 뒤 콩닝의 어머니는 이생에서는 아버지를 다시 만날 수 없을 것임을 직감적으로 느끼며 괴로워했다. 놀랍고 두려워 어찌할 바를 모르는 그녀의 고운 얼굴에 그림자가 드리워지기 시작했다. 개방된 하얼빈의 부유한 가정의 귀한 아가씨로 자라난 그녀가 어느 날 갑자기 경제적 원천이 끊기고 의지할 곳이 없게 되었으니 얼마나 어려웠을 것이며, 마음속으로는 얼마나 많은 걱정이 쌓였을까? 참으로 마음이 아플 일이었다. 그러나 그녀는 부잣집 아가씨 특유의 기질도 많이 갖추었다. 눈앞에서 태산이 무너져도 얼굴 빛 하나 변하지 않고, 귀신이 갑자기 눈앞에 나타나도 눈 하나 깜박이지 않는 대담함을 가지고 있었다. 아무리 갑작스런 일에 맞닥뜨려도 태연자약하고 외부의 영향을 전혀 받지 않았던 것이다. 평소 남의 시중을 받으면서 풍족한 환경에서 생활하면서 가정에 갑자기 변고가 생겨도 그 변화에 놀라지 않고 과감하게 일을 처리할 수 있는 부잣집 자제들의 특별한 기질을 가지게 되었던 것이다.

콩닝의 어머니는 13살 때 홀로 혁명에 가입하면서 집안에는 배반하는 격이 되었다. 부유한 경제 환경에서 그녀는 양호한 교육을 받았으며 일본어에도 능통했었다. 그녀는 자주 라디오방송국에 가서 노래도 불렀고 정세를 잘 살펴 판단할 수 있는 재능도 갖추고 있었다. 토지개혁에 참가한 뒤 그녀는 공산당원의 일원이 되었다.

그러나 토지혁명이 이 자본가 집안의 아가씨에게서 무엇을 앗아갔는지, 또 이 아리따운 소녀에게서 어떤 낭만적인 혁명적 격정이 반짝이고 있는지에 대해서 실제로 아는 사람은 미지수였다. 그녀는 마치 모래더미에 떨어진 보석처럼 항상 그녀 주변의 환경과 사람들과는 어울리지 않고 자신만의 빛을 뿜어내고 있었다. 그녀는 어쩌면 이런 점을 알고 있었을지도 모른다. 알고 있었기 때문에 그녀는 혁명대오에서 자신 집안의 그림자에서 철저히 벗어날 수 있었고, 더 아름다운 생활을 누릴 수 있는 기회를 꾸준히 찾아 헤맸던 것이 아닐까 한다.

16살 때 그녀는 동북군정대학에 입학했다. 그 학교의 정식 명칭은 중국인민해방군 동북군사정치대학이었다. 군정대학의 전신은 중국인민항일군사정치대학인데 약칭해서 '항대'라고 불렀다. '항대'의 전신은 홍군대학이다. 동북군정대학에서 콩닝의 어머니는 새 정권의 인정과 믿음을 받는 사람으로 단련되었다. 이 전 자본가의 딸은 군정대학을 졸업한 뒤 선양에 있는 중공동북국에 배치 받아 근무하게 되었다. 그러나 나라의 혼란스러운 정세로 인해 그녀의 운명도 파란만장한 곡절을 겪었으며 무정하게 땅바닥에 엎어져 온몸이 상처투성이가 되었다.

콩닝의 아버지는 소탈한 군대 간부였다. 그가 3살 때 어머니가 세상을 떠나고 아버지는 새 장가를 들었다. 그의 아버지는 아들에게 매일 아침 반드시 3시간씩 붓글씨를 연습해야 한다는 매우 엄격한 규정을 정해놓았다.

문무를 겸비한 콩닝의 아버지는 13살에 참군해 네이멍구 군사지역의 기마병이 되었으며, 전군 5종 경기 우승을 따낸 적도 있었다. 1950년대 초 용맹스럽고도 영민한 아버지는 베이징에 와서 중국인민대학에 들어가 연수를 받았다. 졸업 후 이 초원의 기마병은 모 군사구역의 문화 참모로 근무하게 되었다. 그는 대학에서 연수 과정을 거친 대다수 군인들처럼 군대에 남지 않고, 남들이 부러워하는 군대에서의 근무를 포기하고 후룬뻴맹^{呼倫貝爾盟}으로 돌아갔다. 자신을 키워준 여인인 반신불수가 된 계모를 보살피기 위해서였다.

후에 일어난 일들은 그가 후룬뻴맹으로 돌아온 것이 콩닝의 어머니를 만나기 위해서였을 것이라는 추측을 낳게 한다. 그는 그녀에게서 풍기는 차갑고도 도도한 슬픈 느낌에 끌리고 말았던 것이다. 그가 평생 속세에 내려온 선녀로 생각해온 여인과의 결혼으로 인해 콩닝의 아버지는 승진할 수 있는 기회를 영원히 잃고 말았으며 게다가 강등되는 처분까지 받았다.

헤어날 수 없는 사랑에 빠진 아버지는 낙천적이고도 주동적이며 너그러운 사람이었다. 그는 자신이 좋아하는 일을 적극적으로 해나갔으며, 자신이 좋아하는 사람을 대담하게 추구하며 처음부터 끝까지 변함없이 한결같이 사랑했다. 그는 자신의 생명을 전부 콩닝의 어머니에게 걸만큼 그녀를 사랑했다. 가슴이 초원처럼 드넓은 아버지였지만 사랑의 논리는 너무나도 간단하고 순수했다. 사랑하는 사람이 자본가의 딸이니만큼 마땅히 공주처럼 대우해줄 것이라고 생각했다. 그는 그녀에게 체면이 서고 편안한 삶을 살게 하리라고 결심했고, 그는 정말 그렇게 해주었다.

그는 온갖 애를 다 써 가며 사방에서 가장 아름다운 것들을 얻어서 그녀 앞에 하나씩 가져다주었다. 그녀의 러시아식 큰 옷장 안에는 각양각색의 아름다운 모직 드레스가 가득 찼다. 짙은 회색, 검푸른 색, 짙은 남색…… 그것은 모두 그가 베이징에 가서 고급 원단을 사서 훙두紅都에서 맞춤 제작한 것들이었다.

1950년에 개장한 훙두는 한때 베이징에서 가장 유명한 고급 의류회사였는데, 국가 지도자와 사회 유명 인사들의 중산복, 양복, 치파오, 외투, 평복은 모두 여기서 맞춤 제작했다. 어떤 사람들은 훙두에 아예 자신의 옷 사이즈를 남겨두기까지 했다.

콩닝의 어머니와 아버지가 함께 찍은 사진이 한 장 있는데 50년대에 베이징의 베이하이北海 공원에서 찍은 것이었다. 사진에는 그들 둘 다 그때 당시 유행했던 모직 코트를 입고 있는 모습이다. 어머니가 입은 빅 칼라 옅은 색상의 모직 코트도 아마 훙두의 어느 한 거장이 만들었을 것이다. 그녀는 웃고 있었지만 씁쓸하고 억지로 웃는 느낌이었으며 눈길은 다른 곳을 보고 있었다. 그러나 아버지는 즐거워하는 정겨운 모습이었다.

콩닝은 바로 그러한 가정에서 태어나 자랐다. 그녀는 아버지와 어머니의 모든 장점을 빼닮았다. 몸매는 아버지를 닮아 다리가 길고 늘씬하였으며, 내면에는 아버지의 호방하며 과감하게 행하고 용감하게 책임지는 유전자가 들어 있었고, 눈매는 어머니를 닮아 큰 눈에 휘어든 눈썹을 가졌으며 웃지 않을 때는 눈이 우수에 잠긴 듯했다.

　　그녀는 또 어머니를 닮아 말수가 적었다. 콩닝은 어렸을 때부터 극도로 민감하면서도 말이 없었으며, 혼자서 속으로 생각하고 혼자서 두려움과 불안함을 감당하면서 웬만해서는 겉으로 드러내지를 않았다.

　　7살 나던 해 어느 날 어머니가 그녀에게 말했다. "닝닝아, 너는 '하늘 거리'의 아이다. 앞으로 일생 동안 밥만 먹을 줄 알면 된다." 갖은 시련을 다 겪은 어머니는 변화무쌍한 정치 생태를 꿰뚫어보았던 것이다. 그래서 어린 콩닝에게 공부를 열심히 해야 한다든지, 대학에 가야 한다든지 등과 같은 일반 부모들이 자녀에게 바라는 최저한도의 기대와 요구도 하지 않았다. 그러나 인생에서 글공부를 하면 우환이 생긴다는 말은 참으로 역설적이라 하지 않을 수 없는 일이었다. 어머니는 문화 수준이 높아 한때는 많은 사람들의 부러움을 자아내는 품위 있고 우월한 삶을 살았다. 그러나 그런 삶은 너무나도 짧았다. 정치운동이 끊이지 않던 나날 속에서 수많은 지식인들과 마찬가지로 어머니도 온갖 고통을 다 겪었던 것이다. 〈사진 14〉

어른이 된 후 콩닝은 자신은 정말 학교에 가기 싫어했으며, 매일 머리를 들어 하늘을 보는 것만 좋아했다고 회억했다. "지금 와서 생각해보면 학교에서 나는 아무것도 배운 것이 없었던 것 같다. 수학문제는 한 문제도 풀 줄 몰랐다."

어머니의 말이 씨가 되었던 것이다. 콩닝은 정말 하늘이 간택한 아이처럼 두 눈망울이 맑아 동년배 아이들은 아예 상상조차 할 수 없는 것을 느낄 수 있었고, 심지어 볼 수 있기까지 했다. 콩닝은 마음속으로 어머니의 그런 논법을 인정했던 것 같았다. 그녀가 말했다. "나는 정말 하늘이 파견해 준 아이였던 것 같았지. 뭐든 다 볼 수 있었거든……" 아주 어렸을 때 그녀는 궁전의 웅대함과 찬란함을 보았고, 뒷골목의 상스러움과 암담함을 보았으며, 인성의 잔혹함을 느꼈을 뿐 아니라 인성의 따뜻한 위로도 받았다고 했다. 1964년 10월 16일 오후 3시 정각 서북지역의 신장新疆 로브노르의 황막한 고비 사막 상공에 거대한 불덩이와 버섯구름이 피어올랐다. 원자핵이 분열되면서 나타나는 현상이었다.

〈사진 14〉「콩닝의 어머니」

중국이 자주적으로 연구 제조한 첫 원자탄 폭파 실험에 성공했던 것이다. 〈사진 15〉 마침 그날 국가 지도자 마오쩌동毛澤東, 류사오치劉少奇, 저우언라이周恩來 등은 인민대회당에서 음악무용서사시인 「동방홍東方紅」을 창작하고 공연한 단원 전원을 접견 중이었다. 그 자리에서 중국의 첫 원자탄 폭파실험에 성공했다는 소식을 전해 듣자 전 장내는 들끓기 시작했다.

이날 신화사는 "중국인이 드디어 원자탄 시대에 들어섰다. 사람들의 격동되고 기쁜 마음이 중국 전역에 전파되었다. 거대한 용의 도약에 전 국제사회가 들썩였던 것이다." 그러나 「뉴스브리핑新聞簡報」에서 이 소식을 본 콩닝은 놀라서 어쩔 줄을 몰라 했다. 하늘로 피어오르는 버섯구름을 보면서 겨우 6살밖에 안 된 아이가 뜻밖에도 죽음을 떠올렸던 것이다. 아이는 홀로 집 문을 나서 만저우리 성 밖을 돌아 흐르는 작은 강가로 곧바로 향해갔다.

아이는 그렇게 멍하니 강가에 앉아 있었다. 가슴에 공포가 가득 찼다. 아이는 마음속으로 자신과 대화를 나눴다. "어느 날 누군가 원자탄을 쏜다면 우리 모두가 죽게 될 것이다. 사람도 죽고 나무도 죽고 새들도 모두 다 죽게 될 것이다." 아이는 그렇게 강가에 꼼짝 않고 앉아 있었다.

〈사진 15〉「원자탄 폭파」

마치 움직이기만 하면 뭔가를 놀라게 해 원자탄이 자기 옆에 떨어지기라도 할 것처럼 말이다. 그렇게 날이 어두워져서야 애간장이 탄 아버지는 겨우 강가에서 그 아이를 찾아냈다. 아버지가 왜 집을 나왔느냐고 물었지만 그 아이는 아무 말도 하지 않고 입을 꼭 다문 채 아버지 뒤를 따라오기만 했다.

「뉴스브리핑」은 10분짜리 뉴스 다큐였는데, 모든 영화의 본편 앞에 붙여 마치 오늘날 영화 본편 앞에 새 영화 예고편을 상영하는 것처럼 상영하곤 했다. 중앙 뉴스다큐영화제작소에서 제작한 「뉴스브리핑」이 약 반 세기 동안 이 나라에서 일어나고 있는 최신 정치, 과학기술, 및 문화체육 관련 동향을 민중들에게 끊임없이 전파했다.

1972년 2월 21일, 리처드 닉스 미국 대통령의 중국 방문은 중미 수교를 위한 토대를 마련하였으며, 그 방문은 "파빙지려破氷之旅, 얼음을 깨는 여행)"로 불렸다. 그 소식과 관련한 영상 기록이 바로 「뉴스브리핑」을 통해 국민들에게 알려졌다.

1965년에 콩닝은 또 「뉴스브리핑」을 통해 아프리카 어린이들이 기아에 허덕이고 있는 모습을 보았다. 그녀는 너무나 괴로웠다. 7살밖에 되지 않은 아이였지만 말로 표현할 수 없는 범죄의식을 느끼기까지 했다. "자신은 매일 이렇게 잘 먹고 있는데 나와 나이가 비슷한 아이들은 모두 기아에 시달리고 있었기 때문이었다."
그래서 그녀는 또 가출해 성 밖의 강가로 나가 홀로 앉아 있었다. 그리고 "나는 다시는 음식을 먹지 않을 것이다. 아무것도 먹지 않을 것이다. 그들이 다 굶어 죽게 되었는데 나만 어찌 음식을 먹을 수 있단 말인가!"라며 쉴 새 없이 중얼거렸다고 했다.

어린 시기에 화가 난 것처럼 행동했던 천진하고 순수한 정의감은 후에 어른이 된 뒤에는 자각으로 바뀌었다. 어른이 된 콩닝은 매일의 식단이 너무나도 간단했다. 감자, 당면, 계란, 쌀밥을 끼니로 삼을 때가 대부분이었고 풍성한 요리는 거의 없었다. "자연에 대한 인류의 약탈은 너무나 많다! 인류가 많이 먹을수록 쓰레기도 많이 생겨나게 된다. 그 쓰레기들을 모두 자연에 떠맡기고 지구에 떠맡긴다. 그러니 지구와 자연이 어찌 아프지 않겠는가? 바꿔놓고 말하면, 사람이라면 누군가 그대의 몸에 끊임없이 쓰레기를 버린다면 반드시 반감이 들 것이며, 반드시 저항할 것이다! 지구와 자연이 말을 할 줄 모른다고 해서 사람들은 그들이 지각과 생명이 없는 줄 알고 있다." 그녀는 적게 먹고 채식을 위주로 하는 방식으로 예술행위를 하지 않는 일상에서는 지구를 위해 무게를 줄이고 자연을 위해 쓰레기를 줄이곤 했다.

그 시기 민감하고도 취약한 어린 콩닝은 더 크고 더 직접적인 무서움이 유령처럼 그녀를 향해 다가오고 있음을 미처 알지 못했다. 그 무서움은 머지않아 그녀를 사로잡을 것이며, 그리고 악몽으로 변해 오랜 세월 동안 그를 괴롭힐 것이라는 점을 말이다. 그녀의 어린 시절에 잠입해 있던 그런 무서움은 그녀의 후반생까지 바싹 쫓아와서는 밤마다 그녀의 꿈에 나타날 것이 틀림없었던 것이다. 〈사진 16〉

만저우리 어른들 세계에 감도는 불안한 분위기는 분명 이 어린 여자아이에게 깊은 영향을 주었다. 어느 날 콩닝은 누군가 정부집무실 울 안에다 그녀의 아버지를 비난하고 경멸하는 대자보大字報가 붙었다는 말을 전해 들었다. 그녀는 화가 났지만 두렵기도 하고 무서워서 감히 물어볼 엄두조차 내지 못했다. 그녀는 그 대자보만 찢어버리면 아버지는 무사할 것이라고 천진하게 생각했다. 그래서 그녀는 오빠를 졸라 어두운 밤에 몰래 시정부 울안에 숨어들어가 대자보에 대고 자루가 긴 빗자루를 한바탕 휘두르며 사람을 죽음으로 몰아넣는 그 문자들을 마구 긁어댔다.

〈사진 16〉「콩닝의 자화상」 2017년 3월

어두운 등불 아래서 그녀와 오빠는 마치 약이 바싹 오른 꼬마 유령들 같았다. 풀과 저질의 먹이 뒤섞여 시큼하고 구린내가 나는 대자보가 벽에서 한 조각씩 떨어져내려 밤바람에 흩날리며 그들의 머리 위로 스쳐 지나갔다.

그 특별한 동란의 세월 속에서 가정에서 일어나는 어떠한 변고든 모두 사회의 대 변고 중에서 가장 가슴이 찢어지는 세세한 변고였다. 가정의 어떤 비밀도 콩닝처럼 민감한 어린 아이의 눈은 피할 수가 없었다. 그녀가 오빠를 졸라 대자보를 떼러 간 것은 아버지에게 정치적인 변고가 일어났음을 알았기 때문이었다. 다만 그녀는 아무 말도 하지 않았을 뿐이었다. 그녀는 바로 마음속의 모든 느낌, 놀라움과 두려움, 외로움, 그리고 부모에 대한 갈망까지도 모두 마음속 깊이 감추고 있는 그런 여자아이였던 것이다.

마음의 문을 꽁꽁 닫아버린 아이는 앞으로의 인생에서 무수히 많은 고통, 무수히 많은 두려움, 무수히 많은 무관심, 심지어 배신감을 영원히 홀로 감당해야 한다는 것을 의미하는 것이었다.

반란파들을 피하기 위해 영준하고도 우람한, 그리고 용맹스러운 기마병이었던 콩닝의 아버지는 매일 땅굴 속에 웅크리고 숨어 있어야만 했다. 날이 어두워져서야 밖으로 나와 그녀와 오빠, 그리고 할머니와 함께 밥을 먹곤 했다. 밥을 먹을 때도 등불을 켜지 않았으며 목소리를 낮추어 말을 해야 했다. 집안에서 소리가 나면 반란파들이 듣고 뛰어 들어와 아버지를 잡아갈까봐 두려웠기 때문이었다. 그렇게 보름이 지났다. 누가 정보를 흘렸는지 찬바람이 울부짖는 밤 반란파들이 뛰어들어 왔다. 그들이 들어온 시기는 기가 막힌 타이밍이었다. 런닝만 걸친 아버지가 땅굴에서 막 나왔을 때 덩치 큰 사나워 보이는 사람들이 뛰어 들어와 아버지를 오랏줄로 꽁꽁 묶어서는 온통 얼음과 눈으로 뒤덮인 밖으로 끌어내 "해방표解放牌" 큰 트럭에 밀어 넣었다. 어린 콩닝은 아버지를 구하려는 마음에 미친 듯이 뒤쫓아나가 그 중 한 사람의 손을 붙잡고 꽉 깨물었다. 그 자의 발길에 채여 어린 콩닝은 몇 미터 밖으로 나가 떨어졌다. 눈판에 나가떨어진 콩닝은 마치 헝겊 인형처럼 연약하고도 무력했다. 아버지는 그렇게 아무도 모르는 곳으로 잡혀갔던 것이다.

1969년의 어느 날 작은 도시 안의 고음용 확성기에서 또 다시 사람을 두려움에 떨게 하는 소식이 흘러나왔다. 전쟁이 일어날 것이라는 소식이었다. 주민들은 모두 자기 집 땅굴 속으로 들어가야 했으며, 땅굴이 없는 사람들은 도시 방공호로 이사해야 했다.

확성기로 전시 대비태세를 취하라고 동원하는 사람은 한 부대의 수장이었다. 그로 인해 전 도시 안의 주민들은 형세가 준엄함을 의식하게 되었다. 만저우리가 1급 전시 대비단계에 들어섰던 것이다. 집집마다 생명을 보호할 수 있는 갖은 방법을 생각해 내며 몸을 숨겼다. 방공호를 파고 공습을 당했을 경우 유리가 사방으로 튕기는 것을 방지하기 위해 창문에 '미*'자 모양으로 종이테이프를 붙여놓았으며, 공습의 목표가 되는 것을 피하기 위해 밤에도 등불을 켜지 않았다.

전쟁에 대한 어른들의 공포가 아이들에게 직접 영향을 주었다. 그때 11살이었던 콩닝은 두 가지 일이 제일 두려웠다. 하나는 원자탄이었다. 「뉴스브리핑」에서 본 버섯구름이 이 여자 아이의 머릿속에서 떠나지 않았던 것이다. 다른 한 가지 이 여자 아이를 두려움에 떨게 한 것은 소련 군인이 들이닥치는 일이었다. "그들은 여자 아이만 보면 강간하려 할 것이다." 소련 군인들은 어린 여자 아이만 보면 잡아가서는 욕보인다고 할머니가 말하는 것을 들었기 때문이었다. 그런 소문들이 어린 콩닝을 항상 공포에 떨게 했다. 그래서 경보가 울리기만 하면 부리나케 얼굴에 새까맣게 솥 검댕을 칠해 "얼굴을 꼬마 귀신처럼 칠하곤 했다." 사람들은 경보가 해제되고도 한참이 지나서야 폭탄이 내 주변에 떨어지지 않은 것을 다행으로 생각하며 긴 한숨을 내쉬곤 했다.

콩닝네 집에서는 방공호를 파지 않았다. 그녀의 집에는 땅굴이 있었는데 땅굴 안에는 사람 키만큼 높은 궤짝이 하나 있었다. 그때 그녀는 매일 한 가지 생각만 했다. "온 집 식구가 모두 작게 변해 다 같이 그 궤짝 속에 들어가 숨을 수는 없을까? 그래서 소련군이 폭격을 해도 온 집 식구가 이 도시와 함께 땅 속에 가라앉아 아무도 발견하는 사람이 없게 되면 안전할 텐데."라고 생각했던 것이다.

전시 대비태세만 취하면 사람들은 공포에 질려 이상하리만치 민감해지곤 했다. 특히 소리에 유난히 민감하여 조금만 큰 소리가 나도 소련군이 온 줄로 착각하곤 했다. 그 시기 콩닝이 가장 많이 들었던 말은 "소리 내지 마라!"라는 말이었다. 그래서 그녀는 "입을 다무는 법"을 배웠다. 이 역시 그녀가 배운 가장 중요한 자아보호 방법이었다.

사람들은 매일 매일 전쟁의 위협에 시달렸다. 낮이나 밤이나 할 것 없이 운명은 자신이 결정할 수 있는 것이 아니었다. 이 작은 도시는 오직 동틀 무렵에야 아주 잠깐 고요가 깃들곤 했다. 이 때문에 콩닝은 만저우리에서 도주하고 싶은 간절한 갈망을 느꼈다. 천성이 민감하고 과묵한 그녀는 점점 더 민감해지고 말 수도 점점 더 적어졌다. 자칫 말을 잘못 할까봐 매우 두려워했다. 그녀는 심지어 집안에서 주전자 안에 물이 끓는 소리에도 너무나 당황하곤 했다.

그녀의 어린 시절은 이처럼 황량하고 두려움으로 가득 찬 세월이었다. 그녀의 오빠 샤오위^{小宇}는 그녀보다 겨우 4살이 많았지만 어린 시절의 콩닝에게는 감정적으로 가장 크고 또 유일하게 의지할 수 있는 사람이었다. 베이징 시쟈오민샹^{西交}^{民巷}에 있는 그녀의 화실에는 구식 책상 위에 언제나 그녀와 오빠와 함께 찍은 사진 액자가 놓여있다. 사진 안의 오빠는 영준한 소년이었다. 콩닝은 입을 벌리고 웃고 있었는데 웃음에는 어리광이 묻어 있었다. 그것은 오빠가 곁에 있었기 때문이었다. 이는 그녀가 드물게 느끼는 안전하고 행복한 순간이었다. 〈사진 17〉

물론 그녀도 아버지, 어머니 옆에서 어리광을 부리고 싶었다. 그러나 그녀의 어린 시절과 소년 시절, 더 나아가 성인이 된 후의 두렵고 불안한 모든 순간에 아버지와 어머니의 모습은 거의 보이지 않았다. 아버지와 어머니는 화살에 놀란 새가 되어버린 지가 오래 되어, 항상 치명적인 재난을 가져다줄 수 있는 정치 모함을 피하기에 급급했다.

〈사진 17〉「콩닝과 오빠의 어린 시절」사진 :
　　　　콩닝의 만저우리滿洲里집 앞에서 촬영.

그 시기 어머니는 언제나 밖에서 반란파들을 피해 다녔다. 어머니는 문득 집에 나타났다가 또 갑자기 사라지곤 했다. 그녀가 어디로 갔는지는 아무도 몰랐다. 반란파들에게 잡혀간 아버지도 어디에 갇혀 있는지 알 수 없었다. 집안에서 유일한 어른은 할머니였지만 그런 할머니마저도 오래 전에 이미 반신불수가 되어 자리에서 일어나지 못하는 상황이었다. 콩닝이 의지할 사람은 오직 오빠인 샤오위뿐이었다. 14살 난 오빠가 그때는 집안에서 든든한 사내대장부였다. 샤오위도 민감하고 과묵한 아이였다. 그러나 누이동생 앞에서는 영원히 침착하고 용감하며 두려운 것이 없는 듯한 모습을 하고 있었다.

할머니와 누이동생에게 맛 좋은 음식을 해먹이기 위해 어느 날 샤오위는 집에 있던 유럽식 샹들리에를 내다 팔아 돼지고기를 한 덩이 사 가지고 물만두를 빚을 준비를 했다. 콩닝은 신바람이 나서 오빠를 도와 고기를 썰기 시작했다. 그런데 머릿속에 갑자기 무서운 장면들이 떠오르는 바람에 식칼에 손가락이 베여 도마 위에 빨간 피가 가득 튀였다. 깜짝 놀란 오빠는 피가 뚝뚝 떨어지는 손가락을 꼭 감싸 쥐고 얼굴이 하얗게 질려서 울음을 터뜨렸다. 어린 오빠는 태생적으로 피를 보면 현기증을 느끼곤 했다. 하지만 손을 베인 누이동생 앞에서 그는 이를 악물고 버텨냈다. 어린 오빠가 누이동생을 얼마나 사랑했는지 알 수 있는 대목이다. 샤오위는 겨우 고기를 다져서 속을 만들어서는 누이동생에게 물만두를 빚어 먹였다. 오랫동안 매일 밤 악몽에 시달려온 콩닝이지만 이날 밤은 악몽을 꾸지 않았다. 악몽이 없는 밤은 낙원이었다. 다만 손가락에 난 깊은 상처자국이 이따금씩 그녀에게 악몽이 계속되는 추운 밤임을 일깨워줄 뿐이었다.

44년 뒤인 2010년에 그녀는 「아픔을 막아준 소년」이라는 그림을 한 폭 그렸다. 4명의 소녀가 관중들을 마주하고 있는데, 그녀들은 분명 무엇인가를 보았고 또 겪고 있는 것처럼 보였다. 그래서 그렇게 놀라고 당황하여 소리를 지르고 있는 모습이었다. 화면 왼쪽 뒤편에 그려져 있는 빨간 옷을 입은 여자가 아무 소리도 내지 못하고 입술을 꽉 깨물고 있는 모습에서 극도의 공포가 가져다주는 두려움과 고통이 어렴풋이 드러나고 있었다.

그 여자는 콩닝 자신을 닮은 것 같았다. 관중들을 등지고 있는 소년은 너무 왜소해 보였지만 두 팔을 활짝 벌리고 서서 눈앞에 있는 여자 아이를 집어삼킬 듯한 공포와 고통이 퍼져나가는 것을 막으려 하고 있다. 그 용감한 소년의 원형은 콩닝의 어린 시절의 오빠일 것이다. 사랑하는 혈육이 위험에 맞닥뜨렸을 때

안 된다는 것을 알면서도 선뜻 나서는 소년의 영웅적 기개가 돋보였다. 그림의 붓 칠이 조금은 거칠고 심지어 미숙해 보이기까지 하지만 이는 오히려 그녀의 어린 시절에 스며든 거칠고 추운 분위기와 잘 맞물리는 듯했다. 〈사진 18〉

〈사진 18〉 콩닝의 유화 「아픔을 막아준 소년」

1970년의 이른 봄이었지만 여전히 어지러운 세상 속의 어느 날 밤이었다. 2년간이나 만나지 못했던 어머니가 문득 집에 나타났다. 의자 위에 꿇어앉아 군기軍棋를 두고 있던 콩닝과 오빠는 놀라움도 기쁨도, 슬픈 느낌도 없었으며, 인사조차도 하지 않았다. 그것은 어머니의 갑작스러운 등장과 갑작스러운 떠남에 습관이 되어버린 때문인 것 같았다. 어머니도 그런 말이 없는 만남에 습관이 된 것 같았다. 검은색 외투를 입은 어머니는 얼굴이 창백했으며 두 갈래로 땋은 머리가 어깨 위에 어여쁘게 드리워져 있었다.

말주변이 없는 어린 콩닝은 속으로 반가웠지만 어떻게 표현해야 할지 몰라서 어머니를 멍하니 바라만 보고 있었다. 눈을 깜빡이면 어머니가 또 사라져 버릴까 봐 두려웠다. 어머니의 미소 띤 표정에는 쓸쓸함과 아이들에 대한 미안함이 묻어 있었다. 그녀는 따뜻한 물을 한 대야 떠 콩닝의 손을 씻어주기 시작했다. 그때 콩닝이 마음속에 지금껏 깊이 숨겨두었던 부모에 대한 그리움이 당장이라도 터져 나올 것 같았다. 그러나 어머니의 침묵이 그녀를 감싸고 있어 그녀는 어린 나이에도 감정을 억누르는 법을 배울 수 있었다. 훗날 콩닝은 이렇게 회억했다. "너무나도 부드러운 엄마의 손이 내 손을 그렇게 살살 어루만졌다.

그때처럼 따뜻하게 어루만져준 일이 그 후에는 한 번도 없었다."

"중대한 역사적 문제"가 있는 어머니가 몰래 돌아온 것은 마지막으로 자신의 아들과 딸을 보기 위해서였다. 그녀는 죽음을 맞을 결심을 내리고 있었던 것이다. 그러나 그녀는 미처 떠나기도 전에 갑자기 몸져누웠다. 말수는 적으나 강직한 성격을 소유한 이 여인은 몇 번이나 자해를 했던 것이다. 갑자기 몸져눕게 된 것은 이러한 자해로 인해 콩팥이 심각한 손상을 입은 상태에서 많은 출혈이 생겨 병세가 악화되었던 것이다. 조직에서는 마지막에 그녀를 만저우리에서 상하이 화산華山병원으로 옮겨 목숨을 구하기로 결정지었다. 그리고 콩닝이 함께 가 어머니를 보살피도록 했다.

그리하여 콩닝은 조직에서 파견되어 온 아저씨 한 분, 이모 두 분과 함께 4천 킬로미터를 달려 어머니를 만저우리에서 상하이 우한루武漢路에 있는 화산병원으로 옮겼다.

조직에서 파견된 사람들은 그날 당일 상하이를 떠났다. 떠나기 전에 콩닝에서 쭈글쭈글 구겨진 지폐를 한 다발 건네주며 그녀와 어머니가 상하이에서 지낼 생활비용으로 남겨주는 것이라고 말했다. 그 뚱뚱한 이모가 콩닝의 어깨를 톡톡

치며 "정 치료할 수 없게 되면 네 어머니를 상하이에서 화장하거라!"라고 쌀쌀맞게 말했다. 그러면 '이 돈은 엄마의 죽음을 위한 것이란 말인가?' 콩닝은 어리둥절한 눈빛으로 그 뚱뚱한 이모를 바라보았다. 그러면서 "엄마는 절대 죽어서는 안 돼!"라는 확고한 목소리가 마음속에서 울려나왔다.

조직에서 파견되어 왔던 사람들은 생명이 위독한 여인을 어린 소녀에게 떠맡기고는 가버렸다. 그 소녀는 홀로 의사와 간호사들과 만나야 했으며, 여러 가지 생각지 못했던 일들을 처리해야 했다. 하늘이 그녀를 불쌍히 여겼던지 어머니의 주치의는 유명한 의사였고, 그의 조수는 공농병 대학생 출신의 군인이었는데, 항상 군복을 입고 있었으며 어머니에게 책임을 다했다. 수간호사는 50세가 넘은 작고 여윈 체구의 여인이었는데, 얼굴 표정은 수도원의 수녀처럼 굳어 있었지만 마음은 항상 웃음을 짓고 있었으며 따뜻하고 착했다. 그녀가 "상하이는 작은 지방과 달라 환자의 상황이 매우 심각한 경우를 제외하고는 가족이 병원에 계속 있을 수 없다"하고 콩닝에게 알려주었다.

이는 아주 완곡하게 자신을 쫓아내는 말이라는 것을 콩닝은 알아들었다. 그래서 콩닝은 우물거리면서도 그러나 아주 단호하게 "전 뭐든 다 할 수 있어요.

엄마 곁에만 있게 해주세요."라고 말했다.

"너 몇 살이니?" 수간호사는 애티가 가시지 않은 콩닝의 대담함에 그녀를 아래 위로 훑어보았다.

"열 세 살이에요."

"그럴 리가?"

키가 자기보다도 더 큰 어린 콩닝을 훑어보면서 수간호사는 의문스럽다는 표정을 지었다. 그때 콩닝은 키가 거의 170센티미터에 달해 같은 또래 여자아이들보다 훨씬 컸기 때문에 아직 아이라는 사실이 믿기지 않았다.

"그럼 이모는 제가 몇 살로 보이세요?"

그녀는 변명하지 않았다. 그녀는 오직 병원을 떠날 수 없다, 엄마 곁을 떠날 수 없다는 한 가지 생각뿐이었다.

"열여덟 살 같구나."

콩닝은 수간호사의 말을 묵인했다. 마음씨 착한 수간호사는 그렇게 그녀를 병원에 남겨 간병인으로 일하게 했다.

"네 어머니를 간호하는 외에 다른 환자들을 간호하는 일도 도와야 한다."

매일 아침 6시부터 일을 시작했다. 제일 먼저 바닥을 닦았다. 병동 복도는 너비가 2.5미터였으며 매우 길었다. 어린 콩닝이 복도 이쪽 끝에서 저쪽 끝을 바라보니 마치 만저우리의 한 거리만 하다는 느낌이 들었다. 바닥을 닦아나가다 보니 복도가 밝아지기 시작했다. 아침 햇살이 그녀가 막 닦아 깨끗한 복도 바닥에 쏟아져 어렴풋하고 은은한 빛을 반사하고 있었다. 목숨이 경각에 달린 환자들로 가득 찬 병원 같지가 않았다. 땀방울이 이마에서 목덜미를 타고 흘러내렸으나 그녀는 닦는 것을 그만해야겠다는 생각을 미처 하지도 못했다. 의사들이 깨끗하게 닦아놓은 복도를 걸어 다니게 되면 기분이 좋을 것이라고 생각했다. 자신이 일을 많이 하면 의사가 엄마에게 더 잘해줄 것이라고 믿었다. 자신이 애써 일하면 의사가 더 자세하게 엄마를 치료해줄 것이라고 생각했다. 복도를 다 닦은 다음에는 화장실 청소를 하고 입원 환자의 변기 청소까지 빈틈없이 꼼꼼히 했다. 자칫 잘하지 못해서 병원에서 엄마 곁에 있지 못하게 될까봐 몹시 두려웠다. 콩닝이 지금 와서 다시 돌이켜보니 "소독액, 피비린내, 대소변, 버려진 거즈……에서 풍기는 여러 가지 퀘퀘한 냄새를 맡고 있는 것 같은 느낌이었다"라고 말했다.

어느 날 시골에서 온 한 여인이 6~7개월 정도 된 자신의 아기를 의사 사무용 책상 위에 올려놓고 문밖에 앉아 슬프게 통곡하고 있었다. 아기가 무슨 병에 걸렸는데 치료를 받았으나 효과를 보지 못해 죽은 것이었다. 수간호사는 콩닝에게 그 아기를 안고 나가라고 했다.

이미 이 세상을 떠난 아기는 집에서 길쌈을 해 짠 갈색 천에 싸여 있었는데 마치 자고 있는 듯한 모습이었다. 병원에 있던 의사, 간호사, 환자까지 포함해서 모든 이들이 콩닝도 아직은 아이라는 사실을 잊은 것 같았다. 콩닝은 죽은 아기를 안고 걸어갔고, 그 아기 엄마는 뒤에서 소리 지르고 욕을 하면서 계속해서 콩닝을 때리면서 따라왔다. 두 사람은 그렇게 앞에서 달리고 뒤에서 쫓으면서 병원 문을 나섰다. 콩닝은 아기를 안고 계단에 앉았다. 아기 엄마도 그 옆에 앉아 계속 통곡하면서 주먹으로 콩닝을 두드렸다. "아가, 아가……" 달도 다 지고 그녀도 지쳐서 울 힘조차 없어 보였다. 콩닝은 하늘을 쳐다보던 눈길을 돌려 옆에 앉은 노랗게 여윈 불쌍한 여인을 바라보았다. 단발머리는 극도의 슬픔으로 통곡하는 바람에 마구 헝클어져 있었고 눈가는 눈물로 범벅이 되어 있었다. 콩닝은 이미 싸늘한 시신이 된 지 오랜 아기를 여전히 꼭 껴안고 있었다. 마치 자신의 체온으로 그 아기를 따뜻하게 덥혀 살리기라도 할 듯이 말이다. 그녀와 아기, 그리고 아기의 엄마는 밤새 그렇게 앉아 있었다. 날이 밝을 무렵 그 시골 여인은 콩닝의 손에서 아기를 받아 안고 떠나갔다. 어쩔 수 없이 운명을 받아들여야 하는 절망감에 쌓인 채……

아기가 떠난 뒤 얼마 지나지 않아 병원에 입원해 있던 발레리나가 자살했다. 그녀는 악성 골육종을 앓고 있었는데 의사가 그녀의 한쪽 다리를 절단해 그녀의 목숨을 살려냈다. 그렇지만 이제 그녀는 더 이상 발끝으로 우아하게 회전하며 발레 「백모녀 白毛女」도, 「홍색 낭자군 紅色娘子軍」도 출 수 없게 되었다. 그 시기 고전 발레인 「백조의 호수」, 「호두까기 인형」, 「잠자는 숲속의 미녀」, 「지젤」은 서방 자산계급의 부패한 문화의 대표작으로 간주되어 공연이 금지되는 바람에 무산계급의 예술무대에서 쫓겨난 지 오래였다. 무대 위에서는 오직 「백모녀」와 「홍색 낭자군」이 두 중국 특색의 혁명 현대발레만 번갈아 공연할 뿐이었다. 무대만이 그 젊은 무용수의 육체와 영혼을 기탁할 곳이었다. 무대에 설 수 없게 된 그녀는 살아나갈 의욕을 잃었던 것이다.

그날 새벽 2시 갑자기 복도에서 수간호사의 다급한 부름 소리가 들려왔다.

"콩닝, 빨리! 들 것을 가져와!" 콩닝은 어머니의 병상 옆에 누웠다가 "후다닥" 뛰어 일어났다. 수간호사가 다급한 걸음으로 걸어 들어오더니 "발레리나가 5층에서 뛰어내렸어"라고 말했다.

콩닝은 들 것을 어깨에 메고 수간호사 뒤를 따라 아래층으로 달려 내려갔다. 희미한 가로등 불빛과 어두운 달빛에 의지한 채 그녀가 노천 화단에 누워 파르르 떨고 있는 것이 보였다. "아직 살아 있어. 빨리, 들 것에 옮겨."

단발머리의 발레리나는 숨이 간들간들하여 목숨이 경각에 달려 있었다. 그런 모습을 본 콩닝은 당황하고 기운이 빠져 그녀를 들 것에 들어 올릴 수가 없었다.

"업어라!"

수간호사가 말했다. 콩닝은 그녀의 두 손을 당겨다 자기의 어깨 위에 얹었다. 발레리나는 몸이 축 늘어져 있었다. 수간호사가 뒤에서 그녀의 다리를 받쳐주었다. 어찌 된 원인인지 병원 엘리베이터가 그때 공교롭게도 운행이 멈춰 있었다. 그들은 계단을 한 계단씩 오르는 수밖에 없었다. 콩닝은 숨이 차 씩씩거리면서 그 발레리나를 나무랐다. "왜 뛰어내렸어요? 왜 죽으려고 했어요?" 13살짜리 여자 아이의 말투가 마치 23살짜리 엄마가 죽음이 뭔지 아예 알지도 못하는 세 살짜리 아이를 앞에 두고 다정하게 나무라는 말투 같았다.

발레리나는 의사의 응급 처치로 살아났다. 그녀가 또 자살하는 것을 막기 위해 의사는 거즈로 그녀를 침대에 묶어놓았다. 콩닝이 그녀에게 말했다. "살아야 해요! 무슨 일이 있어도 살아야 해요!" 그러나 그녀는 눈을 꼭 감고 아무 말도 하지 않는 것이 살고자 하는 의욕이 전혀 없는 것처럼 보였다. 마치 춤을 출 수 없게 되었는데 살아서 뭐하겠느냐고 말하는 것 같았다.

그때 겪었던 무서웠던 기억이 훗날 콩닝의 「발레」라는 유화에 그대로 재현되었다. 프로 무용수는 일종의 특별한 유동적인 아름다움을 소유하고 있다. 기쁘고 즐거울 때나 아니면 비통할 때나 그 아름다움은 항상 존재한다. 그러나 2010년에 그녀가 창작한 그 그림 속의 무용수는 고통스러워하고 있었으며 곡선이 미끈해 보이지 않았다. 그 미끈하지 않은 곡선은 무대를 잃은 발레리나의 고통을 표현했다기보다는 차라리 상처를 입은 혈육으로 인해 느끼는 고통과 분노, 침묵이 깃든 콩닝 자신의 회억의 한 단락을 표현했다고 말하는 것이 적절할 듯했다. 그런 감정들을 반영한 곡선이 어찌 미끈할 수가 있었겠는가? (사진 19)

〈사진 19〉 콩닝의 유화 「발레」

1971년 이른 봄 궂은비가 구질구질 내리고 안개가 자욱하게 낀 어느 날 아침 이었다. 오빠 샤오위가 만저우리에서 상하이로 왔다. 아버지의 남색 무명천으로 지은 중산복^{中山服}을 입고 허리춤에는 새끼를 질끈 동여매고 마치 기근을 피해 살 길을 찾아 도망쳐 온 차림이었다. 그는 어머니를 집으로 모셔 가려고 왔던 것이 다. 사흘 뒤 남매는 큰 병을 앓고 난 어머니를 모시고 병원에서 시신을 호송하는 흰 봉고차에 앉아 상하이 기차역으로 향했다. 차는 적막한 거리를 나는 듯이 달 렸다. 콩닝은 봉고차 뒤쪽 창문에 엎드려 생각에 잠겼다. 1년 사계절 내내 매일 엄마를 보살피느라고 유명한 상하이 동물원에도 가보지 못했으며, 그녀가 좋아 하는 기린도 보지 못했다. 억울한 생각에 눈물이 주르륵 흘러내렸다.

몇 년 뒤 콩닝은 「핑크빛 꽃무늬가 있는 적삼」이라는 그림을 그렸다. 그 그림 은 그녀의 자화상처럼 보였다. 창작 영감은 상하이에서 산 흰 색 바탕에 핑크빛 꽃무늬가 있는 적삼에서 얻은 것이었다. 그녀는 바로 그 적삼을 입고 찌는 듯 무 더운 상하이 뒷골목을 뛰어다니며 샤오룽빠오^{小籠包}를 사다가 병상에 누워 있는 엄마에게 영양보충을 시켜주었었다. 화면 속의 콩닝은 차분한 표정을 짓고 있었 지만, 그 차분함에 가려진 그녀 내면에는 너무나도 큰 외로움과 슬픔, 그리고 너무나도 민감하고 섬세한 신경이 숨어 있었다. 그 핑크빛 꽃무늬 적삼은 소녀의 어여쁜 모습을 상징하는 한편 따사로움을 갈망하는 내면을 은유적으로 표현한 것이었다. 〈사진 20〉

만저우리로 돌아온 지 얼마 지나지 않아 1979년 2월 또 다른 전쟁인 베트남과의 자위반격전이 남방의 습하고도 무더운 광시廣西, 윈난雲南을 접하고 있는 중국과 베트남 국경에서 일어났다. 전쟁은 몇 년 동안이나 지속되었으며, 1987년 4월에 이르러서야 비로소 점차 정상적인 대치단계로 돌아섰다.

그러나 윈난의 중국과 베트남 국경에서 수천 킬로미터나 떨어져 있는 만저우리에서도 사람들은 마찬가지로 전쟁의 위협을 느끼고 있었다. 그해에 콩닝은 이미 만저우리의 한 병원 제제製劑실 직원이 되어 있었으며, 포도당을 담았던 유리병을 가시는 일을 맡고 있었다. 그렇지만 그녀는 매일 흰 가운을 입고 검은 장화를 신고 소총을 한 자루 품에 안고 언제든 참전할 수 있도록 준비를 하고 있었다. 현지 주둔군 사령관이 그 작은 도시 안의 주민들에게 소련과 일주일간 전쟁을 치를 것이라고 통지했기 때문에 작은 도시가 대공황에 빠지게 되었던 것이다. 그들은 남방에 전쟁이 났는데 왜 소련과 싸워야 하는지 알 수가 없었다.

〈사진 20〉 콩닝의 유화 「분꽃粉花 셔츠」

상점 내의 통조림, 과자 등 비축 가능한 식품은 하나도 남기지 않고 모조리 팔려버렸다. 콩닝은 자전거를 타고 아주 먼 곳까지 가서 밀가루 포대에 과자를 한 포대 사다 땅굴에 저장해두었다.

　　며칠이 지나지 않아 기차역에 군용열차가 여러 대 들어섰다. 그런데 군인은 보이지 않고 무기들뿐이었다. 군인은 모두 샤오싱안링小興安嶺으로 철수했고 도시 안에 있는 사람 중 민병民兵은 모두 전쟁터로 나가야 한다는 것이었다. 사람들은 모두 죽음이 눈앞에 닥친 것처럼 두려움에 떨었다. 사람들은 가마니에 시멘트를 담아 길 한복판에 올려 쌓았으며, 소방차가 와서 물을 뿌려 추운 날씨에 얼어붙게 해 적의 탱크를 차단할 수 있게 만들었다. 나라가 침략의 위협을 받게 되자 젊은이들은 원하건 원하지 않건 모두 민병이 되었다. 콩닝도 기관총 한 자루를 받았는데 매일 집 문 앞에 세워두고 기대서 잠을 자곤 했다. 잠자는 사이에 전쟁이 일어날까봐 두려웠다. 자고 있어도 온 몸의 모공이 다 열려 '적정'을 탐지하고 있는 것 같았다. 그녀는 과학기술을 증오하기 시작했다. 과학기술이 정예로운 무기를 제조했고 무기가 행복과 평안을 앗아갔으며 살아만 있으면 그만이라고 여길 정도로 생명을 그다지 존귀하지 않은 것으로 바꿔버렸기 때문이다. 그러나 과학기술은 또 그녀에게 버텨낼 수 있는 용기를 주기도 했다. 그녀에게는 고급 반도체 라디오가 하나 있었는데 매일 적의 방송을 청취했다. 찍찍거리는 소리를 곁들인 무선 단파가 전하는 뉴스를 통해 북방의 국경에서 중 소 전쟁이 일어날 것인지를 판단했던 것이다.

무기를 수송하는 군용열차가 온 이튿날 작은 도시에 빈 열차가 여러 대 왔다. 노인과 아이, 병원의 환자들을 대피시킬 것이라고 했다. 기차역은 생이별 분위기에 휩싸였다. 어떤 부모들은 사랑하는 아이를 품에 꼭 껴안고 그 여린 팔이며 손을 꼭 쥐고 놓으려 하지 않았고, 어떤 부모들은 손목시계를 풀어 아이에게 끼워주는데 가녀린 손목에 몇 겹씩 감아놓았다. 한 아이가 아버지와 어머니의 시계를 두 개나 걸어야 할 때는 아이 손목에 끼워진 시계가 너무 무거워보였다. 마치 그 아버지와 어머니의 무거운 마음과도 같았다. 콩닝도 오빠에게 떠밀려 기차에 올랐다. 오빠는 전쟁이 누이동생의 어여쁜 외모를 망가뜨리게 할 수 없었으며 더욱이 그녀의 아름다운 생명을 앗아가게 할 수 없었다. 콩닝은 찻간 문어귀에 서서 가슴이 찢어지는 듯한 슬픔에 눈물을 금할 수가 없었다. 기차가 서서히 움직이기 시작했다. 이렇게 떠나면 다시는 사랑하는 오빠를 만날 수 없을지도 모른다고 생각하는 순간 사랑의 힘이 죽음에 대한 공포를 넘어섰다. 콩닝은 몸을 날려 기차에서 뛰어내렸다. "무슨 일이 있어도, 죽더라도 가족들과 같이 죽을 것이다"라고 말하면서 그녀는 이미 공안公安 결사대에 가입한 오빠와 함께 하며 그 비상 시기를 지나왔던 것이다.

전쟁은 결국 일어나지 않았다. 그러나 전바오다오 자위반격전에서 베트남과의 자위반격전에 이르기까지 긴긴 10년 동안의 전시 대비태세를 취하고 있던 경력은 그녀의 마음에 전쟁에 대한 공포심을 남겨 주었으며, 그녀에게 평생 잊을 수 없는 기억으로 남게 되었다.

그렇게 만저우리에서 콩닝은 극도의 추위와 공포 속에서 그녀의 어린 시절과 청년시절을 보냈다. 그녀는 이런 말을 한 적이 있었다. "내가 태어난 곳은 어머니의 청춘과 희망을 묻은 곳이다. 어머니가 이곳에 유배를 와 오빠와 나를 낳았다." 이 곳을 어찌 그녀의 청춘과 꿈을 말살한 곳이 아니라고 할 수 있겠는가! 1980년대 초기에 이르러서야 어머니는 비로소 과거의 억울한 누명을 벗을 수 있게 되었다. 그녀는 어머니를 따라 베이징으로 와 베이징 시 검찰원에서 근무하게 되었다. 그러나 그녀는 줄곧 베이징이 자신의 집이라는 느낌이 들지 않았다. 특히 4년 뒤인 1984년에 그녀가 다시 한 번 생명의 사라짐이 가져다주는 공포를 느낀 뒤 그녀에게 베이징은 지리적 위치의 개념으로만 남게 되었다. 〈사진 21〉

1984년은 콩닝에게는 시간적 개념이 아니었다. 1984는 또 다른 악몽의 대명사였다. 그해 초겨울의 어느 새벽 26살의 그녀는 베이징 시 검찰원의 서기로 사형장에 나가 사형 집행을 감독하게 되었다. 그녀에게서 1미터 남짓이 떨어진 곳에서 34명의 사형수가 사형을 당했다. 계속 몸부림치던 생명이 더는 움직이지 않았다. 그러나 콩닝이 그 생명의 사라짐으로 받은 정신적인 자극은 지금까지도 계속되고 있으며, 마음의 상처도 어쩌면 아물기 어려울 것으로 보인다.

그 순간 그녀에게 세상은 암흑이었고 빛이 없는 세상이었다. 처음 베이징에 왔을 때 그녀는 더 이상의 두려움은 없을 줄 알았다. 국경지대의 작은 도시에서 20여 년간 살아오면서 비록 매일 두려움에 떨며 살았지만 사람이 죽는 일은 보지 못했던 것이다. 소름 끼치는 사형 장면이 그녀에게 예전에 느껴본 적이 없는 고통을 가져다주었으며, 그녀의 육체에 오랫동안 들어와 앉아 그녀의 정신을 아프게 했다.

〈사진 21〉 검찰관 시절의 콩닝

그 이후 콩닝은 정신적으로 예전과 전혀 다른 콩닝이 되어갔다. 그녀는 다시는 일상적 의미에서 말하는 정상 궤도로 돌아갈 수 없게 되었던 것이다. 그녀는 매일 빨간 외투를 입고 출근하기 시작했으며, 머릿속에서는 시시때때로 죽은 사형수들의 얼굴이 떠오르곤 했다. 국가라는 강대한 기계 앞에서 콩닝은 자신이 한 마리의 불쌍한 개미처럼 아무도 구할 수 없는 미약한 존재임을 느끼게 되었다. 영웅주의가 또 다시 그녀의 가슴속에서 돛을 올렸다. 그녀는 변호사가 되어 사형수들을 위해 변호하고 싶어졌다. 그녀는 생각하기 시작했다. "마땅히 사형을 폐지해야 한다. 죄를 지은 사람은 마땅히 법률의 제재를 받아야 하지만, 그러나 사형은 안 된다"라고 생각했던 것이다.

그녀는 그 사람들이 저지른 죄를 동정하는 것은 절대 아니다. 그러나 사형만은 폐지해야 한다고 그녀는 주장했다. 그녀가 정말 괴로운 것은 그녀가 만났던 사형수들이 이 느끼한 인간 세상을 떠날 때 정당한 인간으로서의 존엄성도 인정받지 못했다는 사실이었다. 그들은 죽기 전에 얼굴도 씻지 못하고 머리도 빗지 못했으며 깨끗한 옷도 입지 못하고 점잖게 갈 수도 없었다. 그녀는 말했다.

"아무리 하늘에 사무치는 큰 죄를 지었어도 사람이 죽기 전에는 깨끗했
던 순간이 있기 마련이다. 모든 사람이 그렇듯 그들도 어머니가 낳은 아
이이다. 마땅히 존엄 받아야 마땅한 것이다. 그것은 생명 자체에 존엄성
이 있기 때문이다."

1988년, 인민검찰원에서 4년 가까이 근무한 그녀는 검찰장에게 사직서를 냈다.
그리고 그녀는 그처럼 신성하게 여겨오던 견장과 모자의 휘장을 떼어 책상 위에
올려놓고 문을 걸어 나왔다. 〈사진 22〉

1989년 나라에서 변호사자격시험을 회복시켰다. 콩닝은 사흘 동안만 밤낮으
로 복습했을 뿐인데도 변호사 자격시험에 합격해 진정한 변호사가 되었다. 그때
부터 그녀는 사형수를 위한 변호를 전담했으며 농민공의 권리를 수호해주기도
했다. 그녀가 정말 사형수를 위해 변호해 판결을 바꾸는 데 성공했을 때, 콩닝은
"내가 드디어 사람을 구할 수 있게 되었다! 사형수가 총살을 당하지 않게 되었
다!"라고 하늘을 쳐다보며 말했다.

〈사진 22〉 사형 폐지를 호소하는 행위예술 「정지」

그 후 아주 긴 세월 동안 그녀는 검은 색 옷차림을 하고 검은 색 랭글러 지프를 몰고 베이징의 크고 작은 거리를 누비고 다니면서 베이징 변호사 계에서 명성이 드높은 여 변호사가 되었다. 하지만 그녀와 매우 가까운 사이인 친구만이 그녀의 랭글러 지프 트렁크 안에 오랜 세월 동안 34견지의 흰 적삼이 들어있다는 사실을 알고 있을 뿐이었다. 그해 사형장에서 순식간에 사라진 34명의 생명이 그 34견지의 적삼을 통해 깨끗하게 씻겨 질 수 있게 되기라도 하는 것 같았다. 그리고 또 그녀에게 생명을 존중하고 법률을 굳건히 지키라고 귀띔해주고 있는 것 같았다.

그런데 변호사가 되었어도 마찬가지로 몸부림과 고통은 계속해서 따라왔다. 변호사라는 직업에 종사하면서 정의가 우선이냐? 금전이 우선이냐 하는 선택상에서의 시련을 이겨내야만 했다. 그런 선택은 거의 모든 사건에서 마주해야 했다.

한 훌륭한 여성 변호사가 그녀에게 "콩닝아! 변호사가 되려면 훌륭한 변호사가 되어야 한다. 질대 악덕 변호사가 되어서는 안 된다"라고 충고해 주었다. 악덕 변호사는 사법계의 망나니로 불린다. 의뢰인의 돈을 받고 그 돈 때문에 흑백을 전도시키는 짓을 저지르는 변호사가 그들이었다. 기실 콩닝의 성정으로도 자신이 악덕 변호사가 되는 것은 허락할 수 없는 일이었다. 그녀는 확고하게 정의의 편에 섰던 것이다.

2000년 겨울 블루 그레이 컬러의 캐시미어 외투를 입은 늘씬하고 아름다운 외모의 처녀가 콩닝을 찾아와서는 "저는 돈이 없어요. 저에게서 제일 비싼 물건은 이 외투뿐이에요. 저의 오빠를 구해주실 수 있겠어요?"라고 물었다. 그 처녀는 말하면서 외투를 벗어 책상 위에 올려놓고는 밖으로 뛰어나가 버렸다. 콩닝이 외투를 들고 뒤쫓아나갔지만 그 사람은 그림자도 보이지 않았다. 눈 위에 서 있던 그녀의 머릿속에 자신의 오빠가 떠올랐다. 결국 남매간의 정에 감동을 받아 콩닝은 그 복잡한 사건을 맡았던 것이다.

용의자는 가정이 매우 가난했다. 어려서 어머니를 여의었지만 우수한 성적으로 셰허協和의과대학에 입학해 졸업한 뒤 병원에 근무하면서 환자를 고쳐주는 과정에서 조직폭력배 배경이 있는 여인을 알게 되었다. 그들은 콩닝이 변호사 생활을 하면서 맡았던 100여 건의 형사사건과 민사사건 중에서 가장 특이한 용의자 가족이었다. 그 조직폭력배와 연계되어 있는 여인의 간교함과 음흉함, 그리고 사냥개처럼 발달한 현실성은 참으로 놀랍고도 경이적이었다.

그 여인은 못생긴데다가 사팔뜨기 눈을 가졌으며 키는 150센티미터로 작았으나 돈이 많았다. 그녀는 사건에 말려든 준수한 외모의 젊은이를 보자 마음에 들어 협박, 회유 등 온갖 수단을 다 동원해 그가 병원의 일자리를 버리고 자신과 결혼하도록 만들었으며, 그런 후 그를 해외로 출국시켰다. 후에 그는 외국에서의 사업이 실패하게 되어 다시 국내로 돌아와 자동차정비소 사장과 결탁해 자동차를 훔쳐 파는 짓을 하게 되었다. 고객이 자동차정비소에 정비를 맡기면 정비소 직원이 고객의 차 키를 복제해 그에게 넘겨주고, 그가 때맞춰 차를 훔쳐 도주토록 하게끔 했다. 차를 훔치는 데 성공하면 헤이룽장黑龍江으로 몰고 가서 팔고서는 처분한 소득을 정비소와 나눠가지곤 했던 것이다.

그런데 공교롭게도 그날 이 과거의 의사가 훔친 것은 베이징 시 공안국의 한 경찰의 차였다. 경찰은 그들이 동북으로 가서 장물을 처분할 것이라는 사실을 미리 알고 있었다는 듯 친황다오秦皇島 공안국과 연락을 취하고 경로를 차단했다. 그리하여 그 용의자는 친황다오에서 잡혀 친황다오 공안국에 갇히게 되었던 것이다.

추하기 그지없는 그의 아내가 구출에 나섰다. 그녀는 먼저 다른 사람에게 부탁해 신 한 켤레를 그에게 보냈다. 그리고 영어로 "신발 밑창을 보라"고 써놓았다.

그런데 그녀는 친황다오 공안국 수사관이 영어를 알아볼 수 있을 줄은 미처 생각지 못했다. 수사관이 그 자리에서 신바닥을 뜯어내고 신바닥에 감춘 주사제 두 대를 압수했다. 그 주사제를 체내에 주사하면 바로 탈피현상이 일어나면서 황달간염 증상이 나타나게 되는 약이었다. 그 여인은 경찰이 환자를 병원으로 호송하는 틈을 타 중도에서 호송차를 막고 용의자를 빼돌릴 계획이었던 것이다.

기존의 형법에 따라 차량을 절도한 수량에 따라 양형을 하게 되면, 그는 틀림없이 사형에 처해질 수밖에 없는 중 범죄였다. 콩닝은 여러 모로 해결의 실마리를 찾아 그가 사형을 면할 수 있도록 변호할 준비를 했다. 그때 당시 국가에서는 형법에 대한 수정을 앞두고 있었다. 수정 후 형법의 규정에 따르면 세 가지 경우에 해당하는 절도범에게만 사형 선고를 하도록 되어 있었다. 즉 여러 차례 가택에 침입해 절도행위를 저질렀을 경우, 금융기관을 대상으로 절도 행위를 저질렀을 경우, 혹은 진귀한 문화유물을 절도했을 경우 등 세 가지 경우였다.

그래서 수정된 형법에 맞추려고 콩닝은 여러 가지 조사를 진행하고 증거를 수

집하는 방법으로 개정 시간을 미루었다. 결국 그렇게 미루는 방법으로 형법이 수정될 때까지 기다려 그가 사형을 면할 수 있게 했던 것이다. 그녀는 자신의 변호를 통해 한 사람의 목숨을 구하는 데 성공했다는 사실에 흥분했으며, 특별히 감옥까지 찾아가 그 사람을 면회했다. 면회할 때 그가 콩닝에게 쪽지 한 장을 건네주었다. 쪽지에는 "저는 원래 공부를 한 사람입니다. 구치소에서 수갑을 찬 순간 저는 갑자기 너무 좋다는 느낌이 들었습니다. 드디어 그 미친 금전세계에서 벗어날 수 있게 되었고, 감옥에서 조용히 책을 읽을 수 있게 되었거든요……" 그 쪽지를 보고 콩닝은 눈물을 감출 수가 없었다. 그녀는 자신이 그를 도와 하루빨리 감옥에서 나올 수 있도록 변호한 것이 잘한 일인지 잘못한 일인지 의혹스러울 정도였다.

1998년 콩닝이 여러 부류의 의뢰인을 위해 변호하는 일에 몰두해 바쁘게 보내고 있을 때, 그녀의 어머니가 결장암 말기 진단을 받았다. 그녀의 어머니는 원래 성정이 조용하고 감정을 얼굴에 드러내지 않는 여인이었다. 그런데 베이징에서 입원해 있는 동안은 매일 견딜 수 없는 아픔 때문에 얼굴이 일그러져 있어 차마 눈 뜨고 볼 수가 없을 지경이었다. 콩닝은 어머니가 겪는 아픔 때문에 늘 마음이 무너지곤 했다. 그러나 어머니 앞에서 그런 마음을 감춰야만 하는 그녀는 쉴 새 없이 병실 안과 밖을 들락거리며 간호에 매진했다. 병실에서 어머니를 보살피다 가는 병실을 뛰쳐나와 아래층까지 내려가 홀로 한참씩 통곡을 한 뒤 화장실로 가서 눈물자국을 지우고 다시 병실로 돌아가곤 했다.

　2000년 12월 29일 새벽 3시에 콩닝의 어머니는 사망을 선고를 받았다. 그런데 공교롭게도 20년 전 그녀의 아버지도 추운 새벽 3시에 그녀 곁을 떠났던 것이다. 우연치고는 너무나 공교로웠다. 콩닝은 병환에 시달려 볼품없이 된 어머니의 얼굴에 웃음기가 피어오르는 것 같은 느낌을 받았다. 콩닝은 당시 느낌을 다음과 같이 말했다. "우리 엄마 얼굴에 피어난 웃음을 어떻게 형용해야 할까? 그처럼 창백하면서도 눈부셨으며, 그처럼 즐거운 듯, 괴로운 듯 했다. 마치 스러진 꽃송이가 다시 피어난 것 같았다!"

　어머니가 세상을 떠났다는 사실이 오랜 세월 동안 콩닝을 자책감에 빠뜨렸다. 매일 다른 사람을 위해 변호하는 일에 바쁘게 돌아다니느라 더 많은 시간을 어머니 곁에 있어주지 못한 것에 대한 자책이었다. 1998년에 어머니가 처음 말기암 진단을 받은 것은 콩닝이 선양沈陽 조직폭력배 두목 류용劉涌과 그의 아내 류샤오진

劉曉津의 사건을 맡은 지 얼마 되지 않았을 때였다. 중졸 학력인 류용은 수많은 정치 직함을 가지고 있던 화려한 경력의 소유자였다. 선양시 인민대표, 중국 치공당致公黨 선양 직속 지부 주임위원, 선양 허핑和平구 정치협상회위원, 우수 기업가 등이 그의 직함이었다. 선양의 자양嘉陽그룹 이사장직도 맡았다. 조직폭력배를 조직하고 이끈 조직죄, 고의상해죄, 강탈죄, 협박죄, 총기 탄약 불법 은닉죄, 공무방해죄, 불법경영죄, 탈세죄, 뇌물 공여죄 등 죄명으로 2000년 7월 11일 선양시 공안국에 형사구류 당했으며, 같은 해 8월 10일 선양시 인민검찰원의 비준을 거쳐 체포되어 최고인민법원의 독자적 심판을 받았고, 결국 2003년 12월 22일에 사형을 언도받았다.

그 사건으로 그녀는 몸도 마음도 모두 지쳐 있었다. 갈수록 수척해지는 어머니의 얼굴을 보면서 그녀는 자신이 그렇게 많은 시간을 남을 도와 변호해 그들이 자유를 얻고 보상을 받을 수 있게 하면서 정작 그녀 옆에서 관심과 보살핌이 가장 필요한 어머니에게는 등한시 했음을 문득 깨달았던 것이다. 그리하여 그녀는 어머니 생명의 마지막 시간을 온 몸과 마음을 다해 어머니를 보살펴주고 곁에 있어 주기 위해 결국 류융 사건을 포기해야 했다.

어머니가 세상을 떠난 뒤 콩닝이 그동안 억눌러 왔던 외로움이 극치에 달하게 되었다. 떠들썩한 거리에서나, 홀로 있는 밤이나, 항상 어머니의 차분한 얼굴, 외로운 뒷모습이 눈앞에 떠올랐으며, 그동안 겪었던 이들을 떠올리면서 영원히 떨쳐버릴 수 없는 공포가 떠올랐다. 그 시기의 그녀는 마치 이미 만신창이가 된 지 오래된 인적 없는 황막한 성루처럼 금방이라도 무너져 내릴 것만 같았다. 아주 긴 시간 동안 콩닝은 어머니가 돌아간 뒤의 빈 방을 대할 용기가 나지 않아 매일 베개와 이불을 안고 차 안에서 밤을 지내곤 했다. 그러고 있어야만 마치 엄마의 품으로 다시 돌아간 것처럼 비로소 조금이나마 안전감을 느낄 수 있었다.

그의 한 친구가 이해할 수 없다는 듯이 "편히 살 수 있는 데 왜 굳이 그렇게 사느냐?"고 묻자, 그녀는 그만 울고 싶었다. 편안함이 어디 있단 말인가? 그녀는 슬픔의 천 길 나락으로 깊이 빠져 들어가 버렸다. 심지어 정신병원에 들어가야 할 지경에까지 이르렀다. 그 순간 그녀는 "차라리 미쳐버렸으면 좋겠다. 생각도 할 줄 모르고 고통도 몰랐으면 좋겠다"라고 생각했다.

그리하여 스스로 정신병원을 찾아간 그녀는 헐렁한 바지에 허리에 동일 끈이 없음을 알고 허리춤을 손으로 잡고 있어야만 했는데, 이를 느낀 그녀는 갑자기 정신이 드는 것 같았다. 문득 그녀의 머릿속에는 죄수들을 수감하는 구치소가 떠올랐다. 그녀와 한 병실에 있는 여자아이는 정법대학 석사연구생이었는데 머리카락을 뒤로 빗어 말총머리를 하고 있었다. 그 여자아이는 콩닝이 들어오는 것을 보자 계속해서 한 마디 말만 반복했다. "동생, 오늘이 지나면 내일은 좋아질 거야. 동생, 오늘이 지나면 내일은 좋아질 거야."

주변 사람들은 그녀에게 먹을 것이 있으면 다 빼앗아가곤 했다. 그녀가 막 눕는 순간 큰 손이 갑자기 그녀의 머리를 누르더니 그녀의 물건을 모조리 다 빼앗아 가버렸던 것이다.

화장실에 간 콩닝은 칸막이가 없음을 발견했다. 안에서 누군가가 목욕을 하고 있었다. 간호사실에는 감시카메라가 있어서 이곳의 구석구석을 감시하고 있었다. 그녀는 자신이 수용소에 온 것 같은 느낌이 들었다. 갑자기 한 여자 환자가 뒤에서 그녀의 몸에 물 한 대야를 끼얹었다. 그 물이 그녀를 정신이 번쩍 들게 만들었다. 머리끝부터 발끝까지 흠뻑 젖은 그녀는 병실로 돌아왔다. 그 대학생 여자아이는 그때까지도 "동생, 오늘이 지나면 내일은 좋아질 거야……"라고 쉴 새 없이 말하고 있었다.

그녀는 정말 무서웠다. 그래서 의사를 찾아가서 나가게 해달라고 부탁했다. 그러자 의사는 아무 말도 없이 그녀의 뺨을 후려갈겼다. 날이 밝기를 기다려 회진을 도는 의사가 반듯하게 다림질한 옷차림을 하고 기세등등해서 들어왔다. 그녀는 성급하게 의사에게 말했다. "나에게는 병이 없습니다. 어머니가 세상을 떠나는 바람에 정신적인 자극을 받았을 뿐입니다. 예전에는 정신병원이 매우 좋은 곳이라고 생각했었습니다. 사람들이 모두 너무 착해서 나를 해치지 않을 것이라고 생각했습니다. 그런데 와서 보니 그렇지 않다는 것을 알게 되었습니다. 환자도 간호사도 다 나를 때립니다……."

그녀의 말이 끝나기도 전에 의사는 간호사에게 "내일 이 환자를 독방으로 옮기게"라고 말했다.

그 바람에 콩닝은 갑자기 화가 치밀었다.

"나에게는 병이 없어요! 무슨 근거로 정신병이 있다는 진단을 내리는 겁니까? 내 스스로 정신병이 있다고 하면 정신병자가 되는 겁니까?"

그러나 아무리 소리를 질러도 소용이 없었다. 의사는 그녀를 거들떠보지도 않고 휑 하니 나가버렸다. 그때는 정오가 가까워오는 시각이었다. 그녀는 창밖의 햇살을 바라보며 속으로 말했다. "콩닝아, 네가 네 자신을 지옥으로 보냈구나!"

그녀가 절망에 빠져 있을 때 누군가 그녀를 부르는 소리가 들렸다.

"콩닝, 나와!"

병실 문이 열리고 눈부신 햇살이 쏟아져 들어왔다. 그녀는 장샤오샤오張笑笑가 문 앞에 서 있는 것을 보았다. 장샤오샤오는 검찰원 시절 그녀의 단짝친구였는데 그녀를 데리러 온 것이었다. 장샤오샤오가 말했다.

"나는 시간을 재고 있었어. 24시간이 넘어도 안 나오면 나중에 결과가 어떤지 알기나 해? 너 한평생 행위능력을 제한 받는 사람이 되는 거야. 아무 것도 할 수 없게 되는 거지!"

정신병원에서 겪은 짧지만 괴상한 경력을 돌이켜보면서 콩닝은 또 분노를 느끼기 시작했다. 병원에서는 대체 무슨 방법으로 사람에게 정신적인 문제가 있는지 없는지를 감정하는 것일까? 대도시의 큰 생활 압력이 얼마나 많은 사람들을 붕괴의 변두리로 몰아가고 있는 것일까? 정신병원 안에는 그녀처럼 그렇게 맹목적으로 달려간 사람이 없을까? 일단 들어갔다가 나오지 못하면 정말로 정신병자로 변하는 것일까? 살아서 나갈 것인지, 아니면 죽어서야 나갈 수 있는 것인지? 400년 전 셰익스피어가 제기한 유명한 선택이 콩닝에게는 의문이 아니었다. 그녀는 계속 살아가는 것을 언제든지 수시로 원치 않을 수도 있었다. 그러나 하늘은 그녀가 아무렇게나 생명을 끝내는 것을 원치 않았다. 마치 그녀에게 또 다른 중요한 사명을 부여하려는 것을 느꼈기 때문이었다.

　2001년 정신병원을 나온 지 얼마 후 어느 날 그녀의 딸이 그녀에게 귀띔해주었다.

　"엄마, 엄마에게는 서산에 집이 한 채 있지 않아요?" 콩닝의 딸은 콩닝과 외할머니처럼 총명하면서도 말수가 적었다. 무엇이거나 간단하게 언급하는 것으로 그쳤다. 이는 그녀가 엄마에게 스스로 구제할 수 있는 길을 가리켜주는 것이었다. 딸의 말에 콩닝은 문득 영화 「바람과 함께 사라지다」에서 스칼렛(비비안 리분)이 남방의 타라 장원으로 돌아와 기름진 흙을 한 움큼 쥐고 있는 장면이 떠올랐다. 스칼렛은 결혼해 과부가 되고, 또 결혼해서 아이를 낳고 가족과 애인 모두 전쟁 속에서 그녀의 곁을 떠나갔다. 그녀를 구제할 수 있는 것은 아무 것도 없었다. 사랑도 그녀를 구제할 수 없었다. 결국 그녀를 구제한 것은 그 기름진 땅, 고향이었다.

마치 갑자기 깨달음을 얻은 것처럼 콩닝은 그 즉시로 차를 몰고 서산으로 갔다. 그렇게 가서 5년간 거기서 지냈다. 그녀는 산 위에 장미 성루를 짓기 시작했다. 어머니를 영원히 기념하기 위해서였다.

5년의 시간을 들여 조성한 면적이 1,500여 제곱미터에 달하는 '성루'가 되었다. 이 성루에는 '흰 장미'와 '붉은 장미'라는 이름의 두 채의 별장이 멀리서 서로 마주보고 서 있는 구조를 이루고 있었다. 18세기 유럽의 고전적인 풍격을 띤 '성루'는 설계에서 공사에 이르기까지, 가구에서 장식에 이르기까지 어느 것 하나 콩닝의 창의가 들어가지 않은 것이 없었다. 〈사진 23〉

사실 그녀가 어머니를 위해 건설한 그 장미 성루는 차라리 그녀의 건축 조각 작품이라고 하는 것이 더 적절할 것 같았다. 그녀는 차가운 시멘트, 석고, 철공예, 유리 재료로 십 수만 떨기의 흰 장미와 붉은 장미를 제조했다.

건물 구석구석에 모두 장미가 박혀 있었다. '성루'의 외벽에서부터 대들보, 현관 그리고 화장실 거울에 이르기까지 심지어 세면대 주변에까지도 장미의 모습이 보였다. 〈사진 24〉

콩닝이 말했다.

〈사진 23〉 콩닝의 건축 작품 "장미의 성"이 가을 낙엽으로 둘러져 있다.

〈사진 24〉 장미 일색으로 수놓은 "장미의 성" 욕실

"이 곳은 단단하고 질기며 생명의 기억이 있는 집이며, 힘과 사랑의 뿌리가 있는 집이며, 또 사랑이 응집되어 있는 곳이라고도 말할 수 있다." 장미는 서방 종교와 세속의 문화 중에서 가장 유명한 꽃으로 죽어가는 소년 아도니스의 피 속에서 피어난 심령과 육체의 사랑의 꽃이다. '우주 바퀴'의 중심을 상징하는 장미는 그 짧은 아름다움, 짧은 피어남, 짧은 향기로 인해 장미는 사랑, 죽음, 우주의 미스터리와 밀접하게 연결되는 꽃이다. 장미를 그 가옥의 테마로 삼은 것은 콩닝에게는 일종의 본능과 같은 것이었다. 그녀가 말했다. "피는 바로 나의 장미이고, 장미는 바로 나의 피이다. 나는 어린 여자아이처럼 그 산비탈에 뿌리를 내리려 한다. 앞으로 백 년이 지나고, 이백 년이 지나도 하늘 거리에서 온 그 어린 여자아이의 생명은 여전히 그 곳에서 피어날 것이며, 여전히 그 곳에 피어 있을 것이다."

2005년 장미 성루가 완성된 뒤 콩닝은 성루 문 앞에 서서 시멘트 위에서, 철제 난간 위에서 활짝 피어난 장미들을 보면서 어머니의 차분한 얼굴과 우수에 젖은 눈빛을 떠올렸다. 그녀는 마음속으로 말했다. "엄마, 여전히 그렇게 아름다우신 거죠? 제가 뉘우치고 있는 것이 보이세요?" _(사진 25)

〈사진 25〉 "장미의 성" 복도 기둥 위에 조소한 「시멘트 장미」

그리고 그녀는 부모의 사진 앞에 꿇어앉아 큰 소리로 그들에게 알려주었다. "보세요. 제가 장미가 활짝 핀 성루를 지었어요. 저는 여전히 꿋꿋하게 살아 있어요. 힘차게 살아가고 있어요!"

완성된 장미 성루는 그야말로 아름답고 절묘하기 그지없었다. 성루가 완성된 첫 크리스마스에 도시에서 많은 벗들이 찾아와 특별한 의미가 있는 그 곳에서 미국 영화 「옛날 옛적 서부에서 (Once Upon A Time In The West, 1968)」를 관람했다. 그 황막하나 시적이고 또 잔혹한 미국 서부 영화를 집들이 의식으로 삼은 것에서 콩닝이 넓고도 가난한 만저우리를 한시도 잊지 않고 마음에 두고 있었음을 알 수 있었다. 그녀는 성루 문 앞에다 팻말을 하나 세웠다. 그 팻말에는 "그렇게 추운 만저우리라는 곳에서 나는 어머니의 우수에 젖은 눈빛에서 시베리아가 무엇을 의미하는지를 읽었다."시베리아는 돌아올 기약이 없는 유배지를 의미했다. 시베리아는 콩닝의 정신 상태에 대한 은유이기도 했다. '장미 성루'는 콩닝을 구제해 주었다. 그로부터 얼마 지나지 않아 그녀는 오랜 세월동안 억눌러 왔던 고난에 대한 무거운 기억들을 마치 화산이 폭발하는 듯한 기세로 유화와 시의 예술적 힘을 빌려 쏟아내기 시작했다.

3
Chapter

핑크빛의 우연한 만남

3. 핑크빛의 우연한 만남

　예술가들은 대부분 민감하고도 취약하다. 결국 사랑의 욕망, 사랑의 고통, 사랑의 싸움이 그들의 영감을 자극하고 그들의 육체에 영양을 공급해야만 창작에서 걸작의 꽃을 피울 수 있는 것이다. 사랑을 갈망하고 남자의 사랑과 보살핌을 갈망하는 것은 콩닝의 생명에서 매우 중요한 주제이다. 그녀는 이렇게 말한 적이 있다. "오직 예술과 사랑만이 나의 동반자이다. 나는 꽃을 들고 시시때때로 나의 사랑을 맞이하고 나의 예술을 맞이할 것이다."

　2017년 이른 봄. 머나먼 파리에서 서로 사랑하면서 또 서로 상처를 주는 사랑이 콩닝의 삶에 등장했다. 그런데 마음의 상처, 현저한 신분 차이, 강한 개성, 그리고 언어의 장벽으로 그 사랑은 첫 시작부터 서로 사랑하면서도 서로 상처를 줘야 하는 복선을 깔아놓았다.

　3월 7일 파리의 하늘에서는 보슬비가 내리고 있었다. 그래서 이 전설 속의 낭만의 도시에서 방황하는 사람들에게 쓸쓸함과 서글픔을 더해주었다. 비 때문에 파리에서 콩닝의 행위예술계획이 미뤄졌다. 그래서 그녀는 홀로 루브르 미술관을 지나 한 영화관 앞에 이르렀다. 영화를 한 편 볼 생각이었다. 무슨 영화건 상관없이 갑자기 외로워진 그녀의 마음이 잠시나마 위안을 느낄 수만 있게 된다면 좋을 것 같았다. 매표창구 앞에서 오전 11시 30분에 상영하는 데이비드 린치(David Keith Lynch)의 다큐멘터리 영화를 골랐다. 그녀가 아무리 손짓 몸짓을 해가며 의사 표현을 했지만 매표원은 망연한 표정만 짓고 있었다. 그래서 그녀가 휴대폰으로 영화 제목과 시간을 찍어 매표원에게 보여주어서야 비로소 입장권을 살 수 있었다. 〈사진 26〉

예리한 콩닝은 영화표를 사면서 곁눈질로 옆에서 햇빛처럼 따스한 눈빛이 자신을 주시하고 있음을 눈치 챘다. 그녀가 몸을 돌려 매표창구를 떠나면서 얼핏 보니 거무스레한 피부에 구레나룻을 기르고 머리에 회색 털실 모자를 쓴 한 중년남자가 자동 매표기에서 표 한 장을 사서 그녀를 향해 손에 쥔 영화표를 흔들어보였다. 콩닝이 무슨 이유인지 몰라 자세히 보니 그 남자는 그녀와 같은 영화를 보는 사람이었다.

〈사진 26〉 데이비드 린치의 다큐멘터리 "영화관 입장표"

서로 말이 통하지 않는 상황에서 휴대폰 안의 중·프 두 개 국어 번역사전의 도움을 받아 콩닝은 그 남자의 이름이 세바스티앙 토카렌(Sebastien Tokalian)이라는 것과 직업은 자유 촬영사라는 것을 알게 되었다.

콩닝은 키가 170센티미터이고 까만 눈과 까만 머리카락을 가졌으며 꼿꼿한 몸매에 냉담한 표정을 짓고 있는데다 꽉 다문 입술은 입귀가 살짝 위로 치켜 올라가 보일 듯 말 듯 미소 띤 곡선을 하고 있어 준수하면서도 시원시원한 그녀의 기질이 돋보이는 타입이었다. 자신의 특별한 기질에 대해 그녀 자신은 예전에는 알지 못했다고 했다. 2017년에 파리로 와서 크고 작은 거리를 돌아다니면서 그녀는 이 유행의 도시에서 사람들이 자신을 흘끔흘끔 쳐다보고 있음을 발견하면서 알게 되었다고 했다. 그녀의 여유만만하고 자유로운 자태는 동양인에 대한 그들의 인식을 벗어나게 했던 것이다. 그만큼 이방인이 처음 파리로 왔을 때 느끼는 긴장감과 조심스러움이 그녀에게서는 전혀 찾아볼 수 없었다.

세바스티앙의 눈에 비친 중국에서 온 이 여인은 자신이 머나먼 동방의 여성에 대해 상상했던 것과 우연한 일치를 이루면서도 또 다른 형상이었던 것이다. 바로 그러한 일치하면서도 또 일치하지 않은 불확정성이 일종의 마력이 되어 그를 강하게 끌어당겼던 것이다.

낯선 파리에서 그녀와 마찬가지로 영화보기를 좋아하고, 또 같은 유형의 영화를 보기 원하는 낯선 이국의 남자를 만난 것이다. 여자 혼자 이국타향에서 당연히 갖춰야 하는 경계심과 조심성은 온데간데없이 사라져버렸다. 콩닝과 세바스티앙은 마치 잘 아는 오랜 친구처럼 함께 영화관으로 성큼성큼 걸어 들어갔다.

그런데 두 시간 가까이 영화를 보는 동안 콩닝은 너무나 이상야릇한 느낌이 들었다. 분명 관람석에 앉아 있었으나 또 거기 앉아 있지 않는 느낌이었다. 영화가 무슨 내용인지도 전혀 알 수 없었다. 다만 자신의 왼쪽에 앉은 남자가 계속 몰래 자신을 훔쳐보고 있음을 희미하게나마 느낄 수 있었다. 후에 세바스티앙이라는 그 남자가 기실 그도 영화 내용이 무엇이었는지 전혀 알 수 없었다면서 옆에 앉은 여자에게만 생각이 완전히 집중되었다고 말했다. "그녀는 어디서 왔을까? 파리에는 뭘 하러 왔을까? 그녀는 파리에 놀러온 일반 관광객과는 달라 보인다. 그녀는 왜 영화 보러 왔을까?……"하고 생각하느라 영화에 집중할 수 없었다는 것이다.

세바스티앙이 품었던 모든 의문은 얼마 지나지 않아 답을 찾을 수 있었다. 오로지 영화관과 영화만이 콩닝의 마음속에서 거의 신성함에 가까운 존재였던 것이다. 그녀 생명에서 무수히 많은 변곡점에 서 있을 때마다 영화관과 영화는 등불이 되어 그녀가 암담한 처지에 처해 낙담해 하는 순간마다 앞길을 밝게 비춰주곤 했었다. 그래서 어디에 있든 틈만 나면 그녀는 반드시 영화관에 가서 영화를 보곤 했다. 혹은 즐거움을 위해서, 또 혹은 우울함을 떨쳐버리기 위해서였다. 이런 부분에 대해서 세바스티앙은 어쩌면 지금까지도 모르고 있을지도 모른다.

그 시각 콩닝은 파리의 영화관 내에 앉아 있지만 마음 한 구석은 만저우리의 우의궁友誼宮과 서로 통하고 있었던 것 같았다.

콩닝이 이 세상에 오면서 제일 처음 거친 곳인 만저우리의 싼다오제 거리에는 중·소 인민우의궁이 있다. 그리스풍을 본떠 지은 그 건물은 입성하는 의식을 치르는 느낌을 강조했다. 웅대한 홀이 국가 지상주의를 충분히 보여주었다. 그래서 기둥을 높여 주춧돌의 비례를 확대함으로써 필승불패의 국가

연맹과 필승불패의 사회주의 진영이라는 이상을 두드러지게 했다. 한 사람이 그 안에 서 있으면 스스로 너무나도 보잘 것 없는 존재라는 느낌이 들게 된다. 그래도 삼각형 문 끝의 좌우에 나있는 긴 창문이 그 홀에서 풍기는 장엄한 분위기를 어느 정도는 완화시켜 주어 조금은 따스한 정이 돌게 할 뿐이었다. 국가주의를 높이 칭송하는 그 우의궁전이 어린 시절의 콩닝에게는 '천당의 영화관'이었다. 그 곳에서 그녀는 외부세계에 대해 알게 되었고, 따스한 정을 실제로 느낄 수 있었다. 그녀는 어렸을 때부터 그 곳에서 영화를 보곤 하였다. 바로 그 우의궁에서 콩닝은 인문분야에 관심을 갖게 된 계몽단계를 거치게 되었던 것이다.

우의궁에는 영사기를 돌리는 기사가 한 명 있었는데, 그는 중년 남자로 일본 전범의 자제였다. 2차 세계대전이 끝났을 때 그의 부모는 모두 할복자살했고 그 아이만 외롭게 만저우리에 남겨지게 되었다. 그는 이 국경지대의 작은 도시에서 살아남았으며, 또 영사 기사가 되어 사회주의국가에서 제작한 여러 가지 영화필름을 상영하였다.

1978년 여름 어느 날 일본 영화 「그대여, 분노의 강을 건너라」가 우의궁에서 상영되었다. 이는 '문화대혁명' 후 중국에 상륙한 첫 외국영화였다. 영화 줄거리는 대강 이러했다.

"영화에서 주인공 도쿄 지방검찰관 (모리오카^{杜丘}, 일본 배우 다카쿠라 겐^{高倉健}분)는 정직한 사람인데 무고하게 강탈, 강간죄를 뒤집어쓰게 된다. 억울한 누명을 벗기 위해 모리오카는 경찰의 추적을 피하면서 자신이 모함을 받게 된 진상을 파헤친다. 경찰의 추적을 피해 산속에서 헤매던 모리오카는 위험을 무릅쓰고 목장주의 딸 (마유미^{眞由美}, 나카노 료코^{中野良子}분) 를 구해주면서 두 사람은 사랑에 빠진다. 마유미의 아버지의 도움을 받아 모리오카는 한 정신병원에서 그를 모함한 요코미치 케이지^{橫路敬二}를 찾아낸다."

영화 속에서 모리오카가 마유미를 데리고 백마를 타고 쏜살같이 내달리는 장면이 상영되고 있을 때, 갑자기 영화관 내에는 방공 경보가 울렸다. 방공 경보가 국경지역 주민들에게는 아주 평범한 일이 된 지는 이미 오래였다. 그

럼에도 매번 귀청을 째는 듯한 경보가 울릴 때면 사람들은 여전히 놀라 허둥거리곤 했다. 이번에는 맞은 편 이웃 나라 소련의 습격을 받게 될지 아무도 모르기 때문이었다. 중소 관계는 50년대 말 분쟁이 생긴 뒤로 형제와 같았던 감정이 매우 보잘 것 없는 것이 되어버렸다. 소련은 끊임없이 중·소 국경지대에 대한 무장 침략을 감행해 유혈사건을 빚어내곤 했었다.

그날 우의궁 영화관에서 경보가 울리자마자 사람들은 잘 훈련된 군인들처럼 순식간에 영화관을 빠져나갔다. 그러나 콩닝은 뛰지 않았다. 왜 뛰지 않았는지 그녀는 몰랐다. 후에 그녀는 "어쩌면 정말 '멍청'했기 때문일 수도 있다"고 회고했다. 콩닝은 그 시기 자신은 늘 적잖은 또래 아이들에게 '멍청이'처럼 보였었다. 영화관의 의자는 정말 편안했다. 사람들이 우르르 몰려나간 뒤 텅 빈 공간에 갑자기 찾아온 적막, 그리고 스크린에서 계속되고 있는 이야기, 20살의 콩닝은 조금은 무서웠다. 그래서 저도 모르게 머리를 돌려 위층에 있는 필름 영사실 쪽을 흘끔 쳐다보았다. 그런데 뜻밖에도 그 영사기 기사는 차분한 모습으로 그녀에게 손을 흔들어 보이며 영화를 계속 보라는 손시늉을 해보였던 것이다. 텅 빈 영화관에서 소녀는 한 시름 놓고 영화가

다 끝날 때까지 그렇게 스크린에 빠져 들어갔다. 〈사진 27〉

　정신도 물질도 모두 극도로 궁핍했던 그 시대에 오로지 한 소녀만을 위해 영화를 상영한다는 것은 너무나도 풍성하고도 가치를 따질 수 없는 선물임이 틀림없었다. 그처럼 위급한 시각에도 그 일본 영사기 기사는 영화에 대한 한 소녀의 갈망을 헤아릴 수 있었다니 너무나도 감동할만한 일이었다. 오늘에 이르러서도 콩닝은 매번 그때 일을 떠올릴 때마다 가슴이 촉촉이 젖어들곤 했다. 남을 가엾게 여길 줄 아는 이 영사기 기사는 그렇게 그녀의 젊은 마음에 연민과 정의, 책임이라는 씨앗을 심어주었다. 이 세 가지 미덕은 줄곧 콩닝의 곁을 떠나지 않고 따라다니며 가장 어둡고 어려운 시기를 겪을 때마다 그녀가 무너지지 않도록 지켜주었다.

　22년 뒤인 2001년에 콩닝은 어머니를 기념하기 위해 지은 장미 성루에 "붉은 장미 영화관"을 지었다. 영화관 기둥은 활짝 핀 장미들로 빼곡히 둘러싸여져 서로 앞 다투어 반짝이는 생명의 순간들을 보여주고 있었다. 방안을 설계할 때 콩닝은 일부러 좌석수를 얼마로 할지 고민하지 않았다. 그런데 결과는 이상하게도 총 35개 좌석이 되었다. 〈사진 28〉

〈사진 27〉 우의궁

〈사진 28〉 "장미의 성" 내의 영화관

그중 34개는 그녀가 보는 앞에서 처형을 당한 34명의 생명을 위한 것이었다. 그럼 또 하나는 누구를 위한 것일까? 그녀는 "우의궁의 그 영사기 기사 아저씨를 위해 마련한 것이기도 하고, 또 나 자신을 위해 마련된 것이기도 했다"라고 말했다.

이는 콩닝이 그 영사기 기사를 위해 심은 영원히 스러질 줄 모르는 장미나무였던 것이다. 어쩌면 그가 이제는 이 세상 사람이 아닐 수도 있다. 그러나 "장미 영화관은 언제든지 그를 맞이할 준비가 되어 있다. 나를 도와 외롭고 두려운 청소년시절을 함께 지내왔고, 나에게 엄청난 따스함을 준 영사기 기사를 영원히 잊지 못할 것이다"라고 했다.

우의궁에서 영화를 보는 것은 소년시절 콩닝이 현실세계의 공포와 고통에서 도망칠 수 있는 유일한 경로였다. 스크린 속의 아름다운 세상은 그녀가 밤낮으로 느끼고 있는 불안감을 잠시나마 사라지게 했다. 영화관에서 그녀는 생활 속에서는 한 번도 느낀 적이 없는 즐거움과 집안의 따스함, 심지어 현실을 직시할 수 있는 용기를 얻을 수 있게 해주었다. 그 시기 상영됐던 영화들은 대다수가 북조선, 루마니아, 알바니아 등 중국과 매우 우호적인 사회주의진영국가들의 영화들이었다.

「죽을지언정 굴하지 않으리」 라는 제목의 영화가 특히 콩닝에게 용감함의 날개를 달아주었다. 1969년에 상하이영화번역제작소에서 번역 제작한 이 알바니아 영화는 1939년에서 1944년까지 알바니아 일반 혁명가들이 파시스트 세력에 저항해 싸운 단편적인 사례를 둘러싸고 전개된 내용의 영화였다. 영화의 중심인물은 미라와 아비르티다 두 명의 여성 유격대원이었다. 변절자의 배신으로 미라와 아비르티다는 동시에 체포되었다. 옥중에서, 그리고 사형장에서 그녀들은 온갖 위협과 회유에도 아랑곳하지 않고 죽을지언정 굴하지 않고 용감하게 죽음을 맞이했다.

「죽을지언정 굴하지 않으리」 는 금욕주의에 대해 공개적으로 말하지 않던 시대에 자라난 청소년들에게는 매우 깊은 기억과 영향을 주었다. 영화 속에서 옥상에 서 있는 미라의 곱슬곱슬한 단발 머리카락이 바람에 나부끼고 있었고, 먹구름을 배경으로 한 그녀의 깊숙한 두 눈이 유난히 반짝이며 매혹적인 빛을 뿜고 있는 장면을 보면서, 막 사춘기에 들어선 수없이 많은 남자아이들에게 사랑을 눈뜨게 했다. 일상생활 속에서 마음에 드는 예쁜 여자아이를 보면 멀리서 용기를 내 '미라'라고 큰 소리로 불러본 다음 '와아!' 소리를 지르며 뿔뿔이 흩어지곤 했다.

외부의 공포스러운 환경에 깊이 빠진 소녀 콩닝도 미라를 열광적으로 좋아하게 되었다. 그녀는 미라의 옷차림을 모방하고 영화 주제곡을 흥얼거렸다. "어서 산으로 들어가자! 용사들이여! 우리는 봄에 유격대에 가입할 것이다. 이제 곧 적의 종말을 보게 되리라. 우리 조국은 반드시 자유와 해방을 맞이할 것이다!" 동급생을 만나 주고받는 인사말도 영화 전반에 거쳐 부르짖던 구호 "파시스트를 궤멸시키자, 자유는 인민의 것이다!"였다.

그 구호는 마치 아군을 찾을 때 통용되는 부호와도 같은 것이었다. 이 구호만 외치면 신분을 밝히는 것과 같으며, 상대도 꼭 같이 "파시스트를 궤멸시키자, 자유는 인민의 것이다!"라고 응답하곤 했다. 남자 아이들이 특히 그렇게 외치고 응답하는 것을 좋아했다. 그런데 콩닝처럼 극도로 민감하고 외로운 여자아이에게 있어서 영화 속 혁명가의 그 구호는 여태껏 억눌려온 그녀의 시름을 한방에 날려버렸다. 이때부터 그녀는 "'아빠와 엄마는 나쁜 사람이 아니다.' '나도 멍청이가 아니다'라는 마음을 표현하고 싶은 충동과 열망을 느끼기 시작했다"고 했다.

　그녀는 자신을 미라라고 상상했다. 그랬더니 오랫동안 그녀의 마음속에 도사리고 있던 공포가 사라졌다. 마치 자신이 파시스트를 패배시킨 여전사라도 된 것 같았으며, 강한 자를 등에 업고 약한 자를 괴롭히는 자는 모두 파시스트라고 여겼다. 그렇게 시간이 오래 지나면서 동급생들도 그녀를 '미라'라고 부르기 시작했다. 그러자 이 예쁜 여자아이의 마음속에는 다른 사람과 싸우고 싶은 충동이 생겨나 마치 싸움을 하지 않으면 의협심을 발휘하여 의로운 일을 하려는 자신의 마음을 표현할 수 없고, 자신을 '미라'라고 불러주는 칭호에 어울린다는 사실을 증명할 수 없을 것처럼 느껴졌다.

　싸움 장소는 우의궁 앞으로 정하곤 했다. 마치 그 곳은 정의의 심판 장소이기라도 하듯이 자신은 싸움을 걸어 사단을 일으킨 것이 아니라 정의를 내세우고 있다는 사실을 지나가는 길손들에게 알리고 싶어서인 듯 했다. 가정이 겪은 공정하지 않은 조우 때문에 어린 콩닝은 공평과 정의의 중요성을 본능적으로 알게 되었다. 결국 그녀가 싸움을 건 이유는 모두 다른 사람을 대신해 나서게 된 것이었다. 어떤 때는 큰 아이가 작은 아이를 괴롭히고 힘 센 아이가 약자를 괴롭혀서이고, 어떤 때는 영화표를 살 때 줄을 서지 않고 새치기를 해서였다. 아무튼 우의궁 앞에서 몇 번이나 싸웠는지는 이미 잊어버린지 오래되었다. 그러나 그녀는 "싸움을 할 때마다 모두 정의를 내세우기 위해서였다"라고 말했다.

그녀에게 있어서 영화를 보는 것은 천당과 대화하는 과정이었다. 영화는 그녀에게 현실을 마주할 수 있는 용기를 주었을 뿐 아니라, 만저우리라는 작은 도시 밖의 아름다운 생활에 대해 상상할 수 있는 공간을 마련해주었다. 그녀는 '인간세상'을 살아가는 정취를 느끼기 시작했으며, 자기 집 앞의 작은 화단에 관심을 돌리기 시작했고, 자기 집안의 장식에 관심을 갖기 시작했다. 영화를 본 뒤에는 또 몇몇 가까운 친구들과 함께 소련 열사공원에 가서 미래를 그려보기도 했다.

그 시절에 그녀는 미래는 반드시 영화처럼 희망으로 가득 찬 세상이 될 것이라고 생각했다. 비록 미래로 향한 길에 가시덤불이 가득 놓이고 울퉁불퉁할지라도 말이었다. 중·소 우의궁에는 소녀시절에 세계와 인생, 그리고 이상에 대한 콩닝의 모든 느낌과 깨달음, 그리고 감정이 깃들어 있었으며, 그 곳은 그녀의 일생을 바꿔놓은 그녀 마음속의 성지라고 말할 수 있는 곳이었다. 2006년 만저우리 정부는 부동산개발을 위해 그녀의 '천당의 영화관'을 헐어버렸다. 콩닝은 너무 상심한 나머지 사라진 '천당의 영화관'을 애석해하는 만가를 한 수 지었다.

중 · 소 우의궁

그대는 벽돌과 기와이기만 한 것이 아닙니다.

그대는 약동하는 선율입니다

그대는 내 눈을 뜨게 해주었습니다.

매번 "안녕"이라는 자막이 나타나고

조명이 켜지고

관객들이 흩어진 뒤면

그대는 11번째 줄 11번 좌석에서 보내는

미련이 남은 눈빛을 볼 수 있었을 겁니다.

어느 감독이 그대와 우리를 이별시킨 걸까요?

어느 살인귀가 그대를 사형장으로 보낸 걸까요?

드넓은 초원이 사라지고

잔인한 필름도 마지막 한 칸만 남아

스크린에 그 한 칸에 있던 "안녕"이라는 두 글자가 뜨면
그때면 조명도 없어지고
사람들도 흩어지지만
그대를 사랑하는 모든 사람들은 이 연극에 등장하죠.
중·소 우의궁
그대는 우리 마음속에서 영원하리라.

　황폐한 그 세월 속에서 중·소 우의궁은 꿈으로 가득 찬 공간이 되어 아이들 마음속에 존재했으며, 따스한 등불이 되어 콩닝의 옆을 지키면서 어둠속의 음침하고 차가운 기운을 쫓아내주었다. 서글서글한 그 영사기 기사가 알뜰하게 틀어주는 필름 하나하나가 콩닝을 도와 영웅주의에 대한, 악한 것을 징벌하고 착한 것을 선양하는 것에 대한 아름다운 상상을 완성시켜 주었던 것이다. 〈사진 29〉

　마치 40년 전에 모든 사랑과 정의와 책임과 관련된 일들이 언젠가는 다양한 형태로 영화관과 영화를 둘러싸고 벌어질 줄 알고 있었던 것 같았다.

〈사진 29〉 머리를 영갈래 땋은 콩닝(우2)과 그녀의
고교 동창생들과 함께 촬영

다만 2017년의 사랑은 파리의 이름조차 기억이 나지 않는 영화관에서 무슨 내용이었는지 기억이 나지 않는 영화 속이 아니라 영화 밖에서 사랑의 막이 올랐던 것이다.

　　영화가 끝나고 콩닝은 세바스티앙을 따라 영화관을 나섰다. 비가 멎고 날이 개이기 시작했다. 그 시각 콩닝은 마음이 홀가분하고 즐거웠다. 세바스티앙이 오른손 엄지와 검지를 붙여 입가에 갖다 대며 커피를 마시는 시늉을 했을 때 콩닝은 조금도 망설이지 않고 흔쾌히 요청에 응하고 그를 따라 영화관 맞은편에 있는 커피숍으로 들어갔다. 그의 곁에서 걸어가는 콩닝은 젊고 우아하면서도 도도해보였다.

　　그 커피숍은 파리에서 수많은 크고 작은 거리와 골목 모퉁이마다에서 쉽게 볼 수 있는 그런 평범한 커피숍이었다. 그런데 그런 평범한 커피숍에서 콩닝은 세바스티앙이 불안해서 안절부절못하고 있음을 눈치 챘다. "그는 그 곳 환경과 너무도 어울리지 않았다. 그 안에 앉아 있는 남자와 여자들 모두의 옷차림이 깔끔하고 맵시 있었으며, 낮은 소리로 조용히 속삭이듯이 이야기를 나누고 있는 모습이 매우 교양이 있어 보였다. 그 곳은 별로 고급스러운 커피숍이 아니었음에도 말이다."

세바스티앙은 말없이 눈에 별로 띄지 않는 테이블 옆에 앉았다. 아마도 남의 눈에 띄지 않기 위해서였을 것이다. 그런데 그의 낡은 옷차림새와 다듬지 않은 모양이 그가 안절부절못하고 있음을 점점 더 두드러져 보이게 했다. 그 남자가 그렇게 조심스럽게 자리에 앉아 그렇게 구속이나 받는 듯 불안해하는 것을 보자 콩닝의 타고난 영웅주의가 마음 한 구석에서부터 살아나면서 연민의 정서가 밀려왔다. 세바스티앙 그 프랑스인은 테이블 옆에 앉아 콩닝을 돌볼 생각도 하지 않고 혼자 담배를 말아서 불을 붙였다. 그러자 프랑스어도 영어도 할 줄 모르는 그 중국 여인은 곧장 카운터로 걸어가더니 그림을 보면서 주문을 시작했다. 그녀는 자기 몫으로 탄산수 한 병을 주문하고 세바스티앙에게는 커피와 빵, 그리고 단 과자를 주문했다. "세바스티앙은 빵을 아주 조금씩 떼어 입에 넣고 있었는데 마치 작은 새 같았다. 음식이 아까워서인지 아니면 너무 오래 굶주려서 위가 줄어들었는지는 알 수 없었다." 콩닝은 지금도 그때 일을 회억할 때면 여전히 귀엽고 사랑스웠다고 말하곤 한다.

커피숍에서 나온 두 사람은 헤어지면서 어색하면서도 예의적으로 포옹을 했지만 그 순간 서로의 마음에는 헤어날 수 없는 사랑이 싹트고 있었음을 느꼈으며, 언제 다시 만날 수 있을지 알 수 없는 초조함에 사로잡히기까지 했다. 그 장면은 마치 콩닝의 첫 사랑을 재연하는 것과도 같았다.

1979년 전시 대비태세 분위기에 휩싸여 숨 막히는 긴장이 감도는 이른 봄, 콩닝은 샤오빈小斌이라는 남자아이를 사랑하게 되었다. 그때 당시 그녀는 20살 생일이 막 지난 뒤였다. 2월의 어느 날 콩닝은 처음으로 하얼빈에 갔다. 그녀는 엄마의 오랜 전우인 맹孟씨 이모네 집에서 맹 씨 이모의 아들 샤오빈을 보자 첫 눈에 반해버렸다. 샤오빈의 아버지는 우파로 몰려 투쟁을 받다가 누명을 벗고자 제소 중에 있었다. 콩닝은 그를 도와 제소 자료를 베껴주었다. 이는 그녀가 샤오빈을 사랑하는 마음을 완곡하면서도 직접적으로 표현한 것이었다. 샤오빈의 아버지는 그녀가 글씨를 생긴 것처럼 예쁘게 쓴다고 칭찬해 주었다. 맹 씨 이모네 집을 나와 계단을 내려오면서 그들을 배웅하러 나온 샤오빈이 "네가 하얼빈에 있었으면 정말 좋겠는데……"라고 말하면서 자신의 사진 한 장을 그녀에게 슬쩍 건네주었다.

콩닝은 알 수 없는 따스함이 마음에 가득 차오름을 느꼈다. 샤오빈은 쓸데

없는 말을 한 마디도 하지 않았지만, 콩닝에게는 그 사진이 모든 말을 한 것처럼, 마음속에서 설레는 감정을 다 표현한 것처럼 느껴졌다. 그 시기 남녀들은 정말 품행이 단정하였다. 마음속에서 굽이치는 사랑하는 마음을 "네가 하얼빈에 있었으면 정말 좋겠는데……"라는 그런 구체적이지 않은 한 마디로 표현했던 것이다.

그 말과 그 사진이 금욕주의미학이 판치던 시기의 비참하고 고통스러우며 날씨마저 쌀쌀한 봄날에 매일같이 기관총을 품고 전시에 대비하던 콩닝에게는 장미 한 송이를 선물 받은 것처럼 느껴졌다. 만저우리로 돌아온 콩닝의 가슴속에서는 봄기운이 일어나는 것 같았다.

그녀는 매일 시가지에 있는 우편국으로 달려가서 샤오빈에게서 온 편지가 있는지 없는지를 살펴보곤 했다. 마치 그녀가 오늘날 매일같이 위챗을 뒤지며 프랑스에서 세바스티앙이 메시지를 남기지 않았는지 확인하며 기대하는 것과 마찬가지였다. 콩닝은 매 순간 만저우리를 떠나 샤오빈을 찾아가고 싶은 충동을 느꼈다. 그녀는 한 우파의 아들과 사랑을 하는 것은 위험을 무릅쓰는 일임을 잘 알고 있었다. 위대한 국가 영도자 개인의 생활과 밀접히 연결되어 있던 그런 시대였으니까 말이다. 그런데 사랑을 위해서라면 앞만 보고 직진하며 후회하지 않는 그녀 아버지의 유전자는 그녀에게도 그대로 전해졌던 것이다. 그러했기에 사랑을 위해서라면 그녀는 모든 것을 아랑곳하지 않을 수 있었으며, 모든 것을 내놓을 수 있었다.

어느 날 콩닝은 정말로 하얼빈으로 갔다. 아무에게도 말하지 않은 채 그녀와 샤오빈은 꽁꽁 얼어붙은 송화강 강변을 따라 말없이 오래도록 걸어갔다. 살을 에는 추위에 그들은 얼굴이 얼어서 분홍빛을 띠었지만 발걸음을 멈추지 않았다. 그들에게는 첫사랑을 하는 사람들에게만 있는 고집스러움이 있었다. 그녀의 긴 속눈썹에는 서리가 하얗게 끼었다. 샤오빈이 갑자기 몸을 돌리더니 콩닝을 품에 꼭 껴안으며 말했다.

"너는 정말 예뻐!"

처음 다른 사람에게서 그렇게 직설적으로 자신을 찬미하는 말을 듣고 처음 한 사내아이의 그렇게 뜨거운 포옹을 받은 콩닝은 행복한 느낌이 둑이 터진 봇물처럼 밀려들어 순식간에 그녀의 몸과 마음을 가득 채우는 것 같았다. 그러나 그녀는 또 갑자기 두려움에 온몸을 바들바들 떨었다. 그녀는 남자에게 포옹을 받으면 임신해 아기를 낳게 되는 줄로만 알았던 것이다. 무지함에서 비롯된 공포는 공포 자체보다도 더욱 강하게 사람의 혼을 빼앗아가는 법이다. 막 끝난 십 년간의 동란은 인간의 본성 중에서 가장 근본적인 욕망을 억제케 했다. 그 세월 속에서 자라난 사람들에게는 그가 남자건 여자 건을 막론하고 모든 봄날이 창백하고 잔인한 것이었으며, 특히 성에 대해서 알려진 것이 전혀 없었던 시대였다. 그 시기 얼마나 많은 사람들이 콩닝과 마찬가지로 포옹과 키스를 하면 임신하는 줄로 알고 있었던가!

1979년에 찾아온 콩닝의 첫사랑은 마치 이른 봄 2월의 꽃망울이 맺힌 복사꽃나무처럼 꽁꽁 얼어붙은 북극에 우뚝 자라났지만 아주 잠깐 동안 피어 있을 운명임이 정해져 있었다. 콩닝은 얼마 뒤 과거의 억울한 누명을 벗은 엄마를 따라 베이징으로 갔다. 그녀의 첫사랑은 그 소슬한 봄날에 그렇게 끝나버렸다. 그러나 수줍어서 미처 고백하지 못한 사랑과 정은 영원히 끊이지 않고 오늘날까지 이어져오면서 감동적이고도 통상적인 의미를 초월한 그런 남녀 사이의 정이 되었다.

2011년 콩닝이 국내 문화대표단 일원으로 우즈베키스탄으로 가 문화행사에 참가한 적이 있었다. 그때 샤오빈은 이미 온 집 식구가 우즈베키스탄으로 이민을 간 뒤였다. 그는 여전히 콩닝에게 좋은 감정을 가지고 있었던 게 틀림없었다. 그러나 그는 여전히 그때 수줍음을 많이 타던 샤오빈이었다. 콩닝을 만나러 오는 것이 쑥스러웠던 그는 87세 연로한 엄마에게 자기 대신 콩닝을 만나러 가게 했다. 노인은 장미를 한 아름 안고 사랑에 겨워 콩닝을 바라보았으며 그녀에게 위안화로 3천 위안에 해당하는 돈도 한 다발 건네주었다. 그녀는 샤오빈이 현지 자신의 별장 뒤 울 안의 넓은 면적에 콩닝을 위해 장미정원을 만들었다고 콩닝에게 알려주었다. 콩닝이 말했다. "그는 내가 어려서부터 장미를 좋아한 것을 알고 있었어요. 샤오빈은 나의 일생에서 아무 것도 바라는 것 없이 저를 사랑해준 유일한 남자라고 말할 수 있지요."

첫사랑을 할 때는 젊음이 넘칠 때였다. 자신보다 한 살 위인 샤오빈에 대한 콩닝의 감정에는 의지와 숭배가 더 많았다. 그러나 인생의 후반생에 이르며 여러 가지 사랑의 아픔을 겪은 뒤에는 고요하고 평온해 보이는 표면과는 달리 내면은 활화산과 같아 언제든지 사랑으로 인해 폭발할 수 있다. 세바스티앙과의 교제에 대해 그녀가 너무 바보처럼 "애인 혹은 어머니 역할"을 하고 있다는 게 콩닝 친구들의 보편적인 견해였다. 바보 같은 것은 솔직하고 감정을 중히 여기기 때문이었다. 그녀는 그를 위해 여러 가지 생활용품을 마련해주었다. 먹을 것에서 입는 것까지, 그리고 노숙할 때 사용할 조명등까지 다 마련해주었다.

콩닝은 자신이 파리 영화관에서 우연히 만난 세바스티앙을 사랑하게 되었음을 굳게 믿고 있었다. 그러나 그가 그녀를 똑같이 깊이 사랑하는지는 확신할 수 없었다. 세바스티앙에 대한 그녀의 관심과 보살핌에서는 그때 그녀의 아버지가 어머니를 사랑해주던 모습을 볼 수 있었다. 콩닝의 아버지는 언제나 그녀의 어머니를 첫사랑 애인처럼 사랑하고 있었다. 엄마가 집에 있을 때면 아버지는 언제나 엄마의 밥공기에 밥을 반만 담아주곤 했다. 밥공기에 밥을 가득 담으면 뜨거워서 입을 델 수 있다고 걱정했기 때문이라고 아버지가 말했다. 아버지는 엄마가 뜨거운 밥에 입이 델까봐 걱정해주었던 것이다. 엄마가 먹는 반찬도 언제나 작은 접시에 깔끔하게 담아 놓곤 했다. 엄마가 삶은 계란을 먹을 때면 아버지는 껍질을 벗겨 식힌 뒤에야 엄마의 입가로 가져다 주곤 했다.

콩닝도 그렇게 빈틈없이 자신보다 18살이나 어린 그 남자를 사랑해주었다. 그녀는 동양인의 사유방식으로 프랑스 동남부 도시 니스에서 파리로 온 그 남자를 아껴주었다. 파리의 콩닝의 거처에서 헤어지던 그날 밤 오렌지색 가로등 불빛 아래 비친 세바스티앙의 축 처진 뒷모습은 너무나도 무기력하고 서글퍼보였다.

얼마 뒤 콩닝은 파리를 떠났다. 그리고 3개월 뒤 그녀는 다시 그 도시에 도착하기 바쁘게 백화점으로 달려가 세바스티앙에게 줄 셔츠와 외투를 마련했다. 그것은 콩닝이 극히 드물게 남들 앞에서 모성을 드러내 보이는 경우였다. 그런데 독립적인 개성에 불같은 성격의 소유자인 세바스티앙은 그것이 달갑지 않았으며 심지어 조금은 자존심까지 상했다. 깊은 사랑의 상처를 받았던 두 사람은 아무래도 그 상처가 완전히 아물지 않고 줄곧 남아 있었던 모양이었다. 그러다보니 따뜻한 햇빛과 비와 이슬을 조금만 받아도 기뻐서 어쩔 줄을 모르고 자칫 조심하지 않아 아픈 상처를 조금만 건드리게 되어도 사랑의 욕망 속에서 서로 싸워 죽게 만들 수도 있었던 것이다. 어느 날 지금은 전혀 기억조차 나지 않는 일이지만, 아무 것도 아닌 일 로 세바스티앙은 콩닝이 사준 옷을 바닥에 내동댕이쳐 버렸다. 그러면서 울부짖었다. 콩닝은 "그의 말을 알아들을 수가 없었다. 다만 화를 내고 있다는 것만은 알 수 있을 뿐이었다. 그는 매우 분노하고 있었다. 그런 뒤 문을 박차고 나가버렸다." 나중에 콩닝은 어린 아이를 달래듯이 그의 화를 가라앉히려 했다. 그러나 난폭하게 문을 박차고 나가버리는 거동은 얼마 뒤 베이징에서 콩닝의 바이즈완^孩子灣 아파트에서도 반복되었다. 프랑스인과 아르메니아인 사이 혼혈아로 태어난 세바스티앙은 겉보기에는 실제보다 훨씬 더 나이 들어 보였고, 우울함 속에서 울분을 품고 살아가는 남자였다. 그는 팔뚝 가득 문신을 새겼으며 술과 담배를 좋아했다. 그걸로 마음의 아픔을 마비시키려는 것 같았다. 첫사랑이 남긴 영원히 아물지 않을 아픔인 살인사건을…… 2012년 그는 미국에서 그의 첫사랑인 여자 친구의 집에서 목격하게 되었던 것이다. 바로 그의 눈앞에서 여자 친구의 어머니가 그 아버지의 총에 맞아 살해되어 쓰러져 있었던 것이다.

"그의 첫사랑 여자 친구는 정말 너무 아름다웠다. 긴 금발에 푸른 눈을 가진 것이 할리우드 스타 같았다." 이는 콩닝이 본 세바스티앙의 휴대폰에 저장된 사진 중에서 유일한 여자 사진이었다.

그렇게 시작된 비극은 마치 머리 위에서 휘날리는 검고도 음침한 깃발처럼 만져지진 않았으나 그토록 실감나게 사람을 압박해와 사람을 질식시키기에 충분했다. "삶, 그리고 삶에 대한 아름다운 동경은 그로 인해 철저히 무너져 버렸다"고 세바스티앙은 말한 적이 있었다.

그 해 세바스티앙의 첫사랑은 끝나버렸다. 그는 니스 해변에서 경영하던 보드 사업을 접고 집까지 팔아버렸다. 1990년에 보드 매장을 오픈할 때 그는 겨우 21살이었다. 보드 운동을 매우 즐겼던 그에게 보드는 그의 생활방식이 되다시피 했다. 세바스티앙은 원래 실력 있는 보드 고수였는데, 바로 시카고 에서 개최된 한 차례 보드경기에서 첫사랑 여자 친구를 알게 되었던 것이다.

사업은 접고 집은 팔고 여자 친구와는 끝낸 세바스티앙은 자전거 한 대와 라이카 카메라 한 대를 사가지고 아무런 목적도 없는 자전거 여행을 시작했 다. 그에게 있어서 "자전거 여행은 아픔을 잊을 수 있고 과거를 잊을 수 있는 가장 좋은 방식이었다. 자전거를 타고 여행을 할 때면 현실생활 속의 모든 상처와 아픔을 완전히 잊을 수 있었다. 사진을 찍는 것은 여행 도중에서 어느 한 순간의 어떤 느낌을 간직하기 위해서였다"고 했다. 그러나 그런 수천 수만 리를 달리는 자전거여행은 일종의 도피와도 같았다. 마치 그때 매장을 오픈한 것이 "매우 바쁜 사업으로 자신의 머리를 가득 채워 생활에서 부딪치는 어려운 문제를 생각하지 않기 위해서"였던 것과 마찬가지였다. 무정한 현실 앞에서 세바스티앙은 차라리 타협을 선택했던 것이다.

콩닝과 세바스티앙은 모두 세속에 구애됨이 없이 자기 신념대로 행동하는 일반 사람과는 다른 사람들이었다. 많은 사람들의 인상 속에서 예술가들이 운집한 곳으로 알려진 파리에서 세바스티앙에게는 친구도 없고 일정한 사교 범위도 없다는 사실을 그녀는 발견했다. 그러나 예술가 눈에 비친 것은 일반 사람들과는 달랐다. 콩닝은 썩 영준하지 않은 프랑스 남자 세바스티앙에게서 일종의 추상적인 미를 발견했던 것이다. 그녀는 세바스티앙에 대해 "보기 드문 생명의 존재이고, 그가 자전거 여행을 하면서 찍은 사진들은 현대적인 느낌이 다분했다"고 했다.

콩닝은 프랑스어를 할 줄 몰랐다. 그렇지만 그녀가 세바스티앙과 함께 격정 넘치는 시간들을 보내는 데는 전혀 지장이 없었으며, 또 두 사람이 눈빛으로 서로를 느끼는 데도 아무런 지장이 없었다. 콩닝은 "그에게서 외로움과 말할 수 없는 어떤 고통에 얽매여 아무리 몸부림쳐도 떨쳐버릴 수 없다"는 느낌을 자주 받곤 했다고 했다.

중국어를 할 줄 모르는 세바스티앙은 콩닝이 중국어로 지은 시를 알아볼 수 없었다. 그러나 그는 콩닝의 그림 속에서 자신의 모습을 보았다. 그는 동양에서 온 눈앞에 있는 이 여인도 "마음속 한 구석에 설움이 있다는 것"을 발견했다. 세바스티앙이 그 말을 했을 때 콩닝은 너무 기쁜 나머지 흐느껴 울기까지 했다. 마치 처량한 인간세상에서 오랫동안 찾아 헤매던 뿔뿔이 흩어졌던 연인과 드디어 암호를 맞추고 만난 것만 같았다. 특히 그 일이 파리에서 발생했을 경우 어느 시대건 어느 계절이건 막론하고 여기서 떠도는 외롭고도 불안정한 영혼들을 위한, 고통을 메울 수 있는 위로제 즉 핑크빛 혹은 애매하고 거리낌 없는 즐거움이 마련되어 있어, 그 즐거움은 유난히 마음을 뒤흔들어놓는 것 같았다. 갑자기 들이닥친 사랑에 대한 욕망은 더욱 더 서로에게 짧은 정신적인 공명과 육체적인 즐거움을 주게 마련이다.

콩닝의 아버지가 어머니에 대한 집착에 가까운 사랑은 그녀에게 큰 영향을 주었다. 사랑을 행동으로 옮기는 부분에 있어서 콩닝은 아버지를 너무 닮았다. "그대가 누굴 사랑하든지간에 나는 그대를 사랑할 거예요." 그때 아버지는 어머니에게 그렇게 말했으며 또 그렇게 하였다. 사랑에 대해서 콩닝은 언제나 불나비가 불을 향해 뛰어드는 것과 같은 기세를 보였다. 모든 세속적인 눈빛에 대해서는 아랑곳하지 않은 채 미친 듯이 세바스티앙을 사랑했다. 세바스티앙은 차도 없고, 집도 없으며, 일자리도 없었기 때문에 경제적으로 매우 곤궁했다. 자전거를 타고 세상을 유람하면서 꾸준히 달리고 꾸준히 찍었다. 그 사진들을 찍어서 무엇에 쓸지는 생각해본 적도 없었다. 그 부분에 대해 콩닝은 전혀 개의치 않았다. 오히려 그가 일 년 내내 자전거를 타고 대자연 속으로 들어가 휴식을 취하는 것을 매우 마음에 들어 했다. 콩닝은 이러한 그에 대해 "그는 매일 하늘, 땅에 대해 생각했다. 그의 사유는 풍부하고 철리哲理가 담겨 있으며, 자연에 녹아들어야 한다는 사명을 띠고 있을 뿐만 아니라, 또 자연을 예술 즉 촬영 작품으로 전환시켰는데 참으로 현대적이었다"고 말했다.

파리에서 서로 헤어질 수 없는 깊은 사랑에 빠져 지낸 세월은 매우 짧았다. 3월 중순에 콩닝은 프랑스를 떠나 귀국했다. 베이징에 돌아온 그녀는 어찌 할 도리가 없을 만큼 세바스티앙을 그리워했다. 사랑을 표현하는 면에서 엄마를 많이 닮은 콩닝은 너무 순박해 사랑한다고 직접 말로써 표현하는 법을 모르고 스스로 가장 적절하다고 생각되는 행동으로 사랑표현을 했다. 그런 순박함 때문에 그녀는 어쩌면 놓치지 말아야 할 사람들을 놓쳤을 지도 몰랐다. 그리고 그 사람이 다시 나타나거나 혹은 그 사람과 우연히 다시 만났을 때는 기실 모든 것이 끝나버린 뒤였을 것이다.

2014년 겨울 베이징에서 하이난의 산야三亞로 가는 항공편 일등석에서 콩닝은 자신의 옆자리에 고중 시절에 짝사랑했던 남학생이 앉은 것을 발견했다. 그때의 영준한 소년이 지금은 반듯하고 의젓하며 품위 있는 비즈니스맨이 되어 있었다. 베이징에서 산야로 가는 비행기 안에서 이젠 56살이 된 콩닝은 마치 사춘기 소녀처럼 마음이 설렛으며 또 잔뜩 긴장하고 있었다. 혹시라도 마음속에 꽁꽁 숨겨뒀던 비밀이 탄로나 뜻밖의 만남을 망칠까 걱정하고 있었다. 기내에서 콩닝은 차분하고 느긋한 모습으로 아무런 목적도 없이 한담을 했다. 먹는 것과 노는 것, 이것저것 많은 이야기를 주고받았지만 마음에 담아 있는 말은 아무것도 말 하지 않았다. 사랑하는 마음은 미워하는 마음과 마찬가지로 마음속 깊이 묻어둘 수가 없다. 언젠가는 발설할 수 있는 출구를 찾기 마련이다. 비행기 안에서 말하고 싶었으나 말할 수 없었던 감정이 결국 콩닝의 자화상 「기대」에서 충분히 방출되었다.

그녀가 비행기에서 내리자마자 창작해낸 그 그림에서는 머리채를 길게 예쁘게 땋은 한 얌전한 여자가 손에 쥔 남색 해바라기 꽃으로 발그레하게 상기된 얼굴을 반쯤 가리고 있는 모습이었다. 꼭 다문 입술은 마치 사랑하는 마음을 표현하고 싶으나 입가까지 나온 말을 도로 삼켜버린 것만 같았다. 차분함 속에 수줍음과 당황함이 드러나며 예전 작품 속의 거칠고도 열광적인 필치가 오간데 없이 사라지고 내면의 사랑 혹은 증오로 인한 괴로움이 부드럽고 온화하며 단정한 느낌으로 바뀌어 있었다. 콩닝이 말했다. "내가 그린 것은 바로 이러한 나다. 즉 사랑을 믿을 수 있기를 절대적으로 갈망하고 있지만, 정작 사랑이 찾아오면 또 감히 받아들일 용기가 부족한 그런 나다." 그 그림은 꽁꽁 얼어붙은 송화강에서 첫사랑 샤오빈과 산책할 때의 부드러운 콩닝을, 다시 말해 사랑 앞에서 물불을 가리지 않고 용감하게 돌진하면서도 또 한없이 유약한 자신을 부르고 있었던 것이다. 그 그림은 콩닝이 그린 그림들 중에서 가장 온화하고 부드러운 그림이었다. 그 그림을 통해 보는 이들은 사람들에게 잘 알려지지 않은 그녀 내면의 부드러움과 그녀가 줄곧 기대해온 평정심을 읽을 수가 있을 것이다.

세바스티앙과 교제 중에도 콩닝은 여전히 말로써 표현할 수 없는 그리움을 그림으로 토로했다. 그녀는 세바스티앙의 초상화를 한 폭 그렸다. 그림 속의 세바스티앙은 우울하고 망연한 모습이었다. 단 그 눈빛에서는 또 콩닝 자신의 모습이 어렴풋이 보였다. 어쩌면 그 초상화는 콩닝 내면의 감정을 표현한 그림일 수도 있다. 그녀는 자신에 대한 세바스티앙의 감정이 어떤 것인지 확실하게 알 수 없어 초조해하고 있었던 것이다.

콩닝은 파리에서 베이징으로 돌아오자마자 세바스티앙이 중국으로 올 수 있도록 준비하기 시작했다. 7월 26일 찌는 듯한 삼복 날씨에 세바스티앙은 콩닝이 사준 비행기 티켓을 손에 쥐고 베이징에 왔다. 중국에서 약 3개월 가까이 지내는 동안에 콩닝은 줄곧 사랑의 분위기에 끌려 다녔다. 오늘에 와서 돌이켜보면 그것은 차라리 그녀 스스로 만들어낸 일종의 환상적인 경지였던 것 같다. 그녀는 사랑에 푹 빠져 세바스티앙을 데리고 상하이로, 하얼빈으로, 그녀가 나서 자란 만저우리로, 지도에서는 서로 아득히 멀리 떨어져 있지만 콩닝의 전반생에 중요한 흔적을 남겼던 이 세 도시를 돌아다녔다.

그녀는 그 코스를 따라 돌아다니는 과정을 통해 그녀가 어떻게 오늘날의 모습이 될 수 있었는지 세바스티앙이 조금이나마 알 수 있게 되기를 바랐던 것 같다. 늦가을의 어느 하루 시쟈오민샹에 있는 콩닝의 화실, 담담한 담배 냄새와 이제 막 테이블에 올려놓은 군만두에서 풍기는 조금은 탄 듯한 바삭바삭한 냄새가 어울려 뜨거운 사랑의 분위기가 자욱하게 피어올랐다. 세바스티앙은 담배를 피우면서 눈길은 무대 위의 이동식 스포트라이트처럼 콩닝을 따라 움직였다. 〈사진 30〉

〈사진 30〉 콩닝 유화 「여명黎明」 2017年 5月

두 사람은 여전히 말이 서로 통하지는 않지만 사랑의 뜻을 표현하는 눈빛 만은 거침없이 잘 통했다. 콩닝은 그들이 베이징에서 사랑했던 소소한 일들을 중국말로 표현하고 있었다.

나라가 서로 다른 이 커플은 바로 전까지도 사랑의 욕망에 푹 빠져 있다가 금세 영문도 모르는 사이에 초조해지고 심지어 서로 소원해지곤 했다. 어느 날 세바스티앙은 갑자기 열이 나는 것 같았다. 그냥 일반 감기 때문이었지만 그가 외국인이고 또 자신이 사랑하는 사람이어서인지 콩닝은 유난히 당황했다. 자칫 조금이라도 소홀할까 안절부절못했다. 콩닝은 그를 집근처에서 가장 좋은 병원으로 데리고 갔다. 그런데 세바스티앙은 중국 의사의 처방을 믿을 수 없는지 자신이 원하는 약을 쓰겠다고 요구했다. 그 약들은 모두 비싼 수입 약들이었다. 콩닝은 마음이 조금 언짢았다. 어쨌든 그녀가 모든 비용은 지불해야 했기 때문이었다.

베이징에서 지내는 동안 세바스티앙은 콩닝에게서 모성의 따스한 사랑과 보살핌, 그리고 첫사랑 연인과 같은 뜨거움을 완벽하게 느꼈다. 그는 콩닝이 그에게 주는 모든 것을 마음 편히 만족스럽게 누리고 있었다. 연인 사이에는 적당한 거리가 필요한 법이다. 일단 너무 흉허물 없이 가까워지면 상대의 보 잘것없는 소홀함에도 까탈을 부리게 되고, 심지어는 화를 내게까지 된다. 병원에 다녀온 세바스티앙은 병원 진료에 대해 불만을 드러냈다. 기진맥진한 콩닝도 인내심을 잃고 문을 박차고 나가버렸다. 멍해진 세바스티앙을 아파트에 외롭게 남겨둔 채······.

그런데 얼마 가지 않아 콩닝은 자신의 행동 때문에 세바스티앙이 떠나버릴지도 모른다는 생각에 불안해지기 시작했다. 그러나 세바스티앙은 아무 일도 없었던 것 같았다. 혹은 콩닝이 왜 그처럼 화가 났는지 모른다고 하는 편이 나았을지도 몰랐다. 며칠 뒤 바로 그녀 생일날에 밖에서 돌아온 콩닝은 침실 중간에 놓인 침대 위에 가격이 비싸 보이는 작은 망아지 인형이 우뚝 서 있고 그 인형 옆에 까만 색 장방형 종이박스 안에 자주색 장미 한 송이가 들어 있는 것을 발견했다. "그 선물은 너무 정교하고 너무 로맨틱했다! 나는 너무 감동했다! 그는 경제적으로 그렇게 궁핍한데도 나를 위해 그렇게 귀중한 선물을 마련한 것이다." 그래서 두 사람은 또 원래처럼 사이가 좋아졌다.

세바스티앙은 영어로 그녀에 대한 그의 미련을 감동적으로 이야기했으며 그의 자전거여행에 대해 이야기했다. "그녀는 너무 신기했다. 내가 예전에 알고 지냈던 남자와 여자를 포함해서 모든 사람과 달랐다. 파리 거리에서 그녀와 같은 차림을 한 여인을 본 적이 없다." 세바스티앙을 처음 만난 그날 콩닝은 모자가 달린 검정색 스프링코트를 입고 있었는데 허리가 잘록하고 아랫자락이 퍼진 것이 마치 19세기 고전풍의 드레스를 입은 여자가 21세기의 파리 거리를 걸어 다니는 것 같았다. 그래서 특히 눈에 띄었던 것이었다.

지난 3년 동안 세바스티앙은 자전거를 타고 프랑스를 지나 남유럽의 시칠리아섬, 그리스, 유라시아대륙 접경지대에 위치한 터키, 동유럽의 그루지아, 우크라이나, 루마니아, 헝가리 등 나라들을 돌아다녔다. 그는 자전거여행을 자신의 철학으로 간주했다. 길 위에서 자전거를 타고 쏜살같이 달릴 때면 사람을 불안에 떨게 하는 기존의 "소비주의가 판치는 세계"에서 벗어날 수 있으며, "그래서 나 개인과 자연이 직접 접촉할 수 있는 관계를 수립하고 자신의 생활 질서를 새롭게 수립할 수 있다. 그런데 많은 사람들이 이런 부분에 대해 인식하지 못하고 있다. 그래서 결국 자신을 잃어버리고 마는 것이다."

그가 야외로 자전거여행을 나갈 때면 밤에 텐트를 치고 그 안에서 루소의

책을 읽곤 했다. 그가 말했다. "자전거를 타면서 나는 아주 많은 문제에 대해 사고하곤 했다. 오직 사진을 찍을 때만 잠깐 사고를 멈췄을 뿐이다. 내가 찍은 사진은 모두 나의 생각을 반영한 것이다."

세바스티앙이 찍은 사진은 생동감이 넘치거나 혹은 초점을 잃은 것처럼 신비로운 느낌이 들곤 하는데 마치 그 자신과도 같았다. 그러한 특징은 바로 콩닝에게 영향을 주었다. 훗날 그녀가 길에서 찍은 일부 사진들은 초점을 맞추지 않은 얼굴로 나타난 것이 많다. 그는 베이징에서 모 인터넷 매체와의 인터뷰에서 이렇게 말했다. "그가 자전거를 탈 때는 마치 보드를 하는 것처럼 미친 듯이 빠른 속도로 질주하면서 보드운동의 동작들도 많이 옮겨오곤 했다. 도시 거리의 자동차 행렬 속을 누비면서 자전거 몸체를 좌우로 비틀면서 속도의 변화가 가져다주는 자극을 느끼곤 했다. 그런 속도와 동작들도 모두 사진으로 기록되었다."

콩닝은 세바스티앙보다 재능과 천부적 소질이 더욱 두드러졌다. 예술에 대한 생각을 이야기할 때면 매우 감화력이 있어 언제나 주변의 사람들을 흥분시키곤 했다. 사랑에 떠밀려 그녀는 자신의 어린 연인을 위해 중국 북방의 유명한 고도 핑야오^{平遙}에서 사진전까지 개최해 주었다.

그러나 반년 남짓 유지해온 그들의 연인관계는 처음부터 끝까지 난폭한 다툼으로 일관되었으며, 달콤할 시간보다 싸우는 시간이 더 많았다. 극단적으로 오만하고 고집스러우며 극도로 민감한 두 영혼이 서로 만났을 때는 흔히 상대의 어떤 미세한 동작 하나, 말 한 마디, 혹은 행위가 자신의 이성과 감정의 인지 범위를 벗어나 히스테리 적으로 변하곤 하게 마련이다.

결국 10월 4일 세바스티앙은 이 동양 여자에 대한 복잡한 기억들을 행낭에 담은 채 베이징을 떠났다. 그의 파리 행 항공권은 그가 올 때와 마찬가지로 역시 콩닝이 사주었다.

예술가 콩닝과 "아무 것도 아닌" 세바스티앙의 로맨틱한 연애 사는 베이징의 가장 아름다운 계절인 가을이 끝남에 따라 끝나버렸다. 아무런 예고도 없이…… 민감한 콩닝은 그 감정에 많이 시달렸다. 언제나 상대가 아무 이유도 없이 불쾌해하는 것을 자신의 "급한 성미와 그에게 더 너그럽지 못했던 탓"으로 돌렸다. 그런 자책하는 정서를 갖고 또 평등하지 않은 사랑 때문에 콩닝은 항상 초조와 자책, 추측과 그리움 속에 빠져 있었다. 〈사진 31〉

〈사진 31〉 콩닝의 유화 「그림 속의 여자아이가 되고 싶다」
(2018년 5월)

세바스티앙이 베이징을 떠나자마자 콩닝은 끊임없이 그에게 편지를 쓰고 그를 위해 시를 지어 친구에게 부탁해 프랑스어로 번역한 다음 위챗으로 그에게 전하곤 했다. 그는 "멀리서 그대를 바라보고 있다"는 말을 반복해서 썼다. 세바스티앙의 위챗 회답을 기다리는 것이 콩닝에게는 이른바 자신의 마음을 학대하는 것과 같았다.

그녀는 베이징과 파리 사이에는 7시간의 시차가 존재한다는 사실을 완전히 잊고 있었으며 베이징의 낮이 파리의 밤이라는 사실을 잊고 있었다. 하루만 위챗 메시지나 회답메시지를 보지 못해도 초조해하고 불안해하기 시작했으며, "그는 왜 나에게 회답메시지를 남기지 않는 걸까? 이제는 더 이상 나를 사랑하지 않는 걸까?"라고 제멋대로 추측하곤 했다.

한 번은 세바스티앙이 위챗에 아무 말도 남기지 않고 해를 하나 그려서 올렸다. 콩닝은 그 그림을 보고 "이제는 나를 아는 체도 않으려는 것이 틀림없다"고 이해했다.

그래서 그녀는 그에게 남긴 회답 메시지에 시처럼 써서 보냈다.

사랑하는 S,

그대는 매와 같이 또 들판의 시와 같이

비범한 예술적 재능으로 나를 현혹시켰습니다!

비록 우리는 지금, 혹은 긴 세월 동안 만날 수 없지만

그대는 여전히 내 마음속에 있습니다.

그대의 눈은 그대가 그린 해와 같습니다.

그대는 안전하게 자전거를 타고 나는 멀리서 그대를 바라봅니다!

나는 여생을 그대를 그리워하며 보낼 것입니다!

　그러나 세바스티앙은 다시는 회답을 하지 않은 채 이기적으로 도망쳐버렸다. (2017년 12월 1일 콩닝은 그녀의 「작은 푸른 아이」를 갖고 그리스로 가 행위예술을 펼치러 떠나면서 먼저 파리로 날아갔다. 분명 그녀는 세바스티앙을 만날 수 있기를 바랐다. 혹은 그녀가 세바스티앙이 자신을 만나러 와주기를 간절히 바랐다고 할 수 있다. 그러나 그녀가 파리에 온 지 벌써 사흘째가 되었어도 그녀의 프랑스 연인으로부터는 한 마디 말도 들을 수 없었다. 세바스

티앙은 나타나지 않을 것이라고 그녀의 이성이 알려주고 있었다. 이 단락을 콩닝은 삭제하길 바랐다. 그러나 필자는 남겨두는 것이 마땅하다고 여긴다.)

  12월 3일 그녀는 파리에서 「헝겊 인형」이라는 제목의 시를 한 수 지어 이 사랑의 종말과 슬픔을 표현했다.

  백골에는 너무 뜨거운 붉은 색을 칠하지 마라
  아득한 옛날의 사랑이 또렷한 의식을 갖고 다시 타오른다.
  모든 것을 아랑곳하지 않고 죽음을 향해 날아드는 오색나비가 하늘과 땅을 가득 메우고
  천 갈래 강물이 가느다랗고 연약한 것이 꽃을 매장하는 임대옥의 환생인가
  드러누운 깊은 우물은 용감하게 입을 벌리고
  각자 서로 다른 지난 일들을 활짝 꽃 피운다
  그러나 울적하고 아쉬워 무거운 발걸음은 산산이 부서졌다
  이제는 스쳐버린, 가진 적도 없는 모든 것이 구름과 연기로 사라져버렸다
  자신을 쓰러 눕힌 것은 지치고도 무거운 머리

무질서하고 혼란스러움이 가져다주는 당혹감을 어서 멈추자

아닌 사람을 만나고 아닌 길을 걸어 예측할 수 없는 결말에 이르지 말자

울지도 않을 천둥을 마음에 가득 채우지 말자

불타오르는 폭풍을 마음에 가득 채우지 말자

가시 돋은 끊어진 다리를 내리 눌러서 부수지 말자

잠잠하던 바람이 왜 갑자기 세차게 부는 것일까

한창 아름다워야 할 살구꽃이 왜 갑자기 도깨비 모양으로 사람을 현혹시키
는 것일까

흔들리는 돛배에 올라타 흔들리는 꿈을 꾸게 된 것은 자초한 일이다

비취와 푸른 이끼가 서로 껴안고 행복해하는 데는

무엇이 있거나 없거나 의미가 있거나 없거나

뜨거웠던 만남도 이제는 싸늘한 공기로 남아

인정을 베풀었던 나무 같은 인간도 이제 몇 남지 않았구나

오늘 이른 아침은 몹시 엄숙한 모습이다

나에게 헝겊 인형의 옷을 지어 주더니

나더러 침대 밑에 있는 아빠와 엄마 결혼 때 썼던 낡은 트렁크 속에 들어가

라 한다

안전하다 식구들과 한자리에 모였다 안정이 됐다 원하는 대로 됐다 집에

돌아왔다

거기서는 천 년을 세어도 못 다 셀 하늘 가득 별을 나에게 안겨주고

흰 구름으로 레이스 달린 잠옷도 나에게 지어 주었다

후련하게 시원하게 말을 하지 않아도 된다

시끌벅적한 소리도 없다

날아가는 새여, 어서 나의 두 눈동자를 물어가거라

시공간이여, 내가 태어날 시간을 넘지 말거라

　파리에 온 지 일 주일이 되었으나 여전히 세바스티앙의 모습은 보이지 않
았다. 콩닝은 성숙한 여인이지만 또 아이 같은 면도 있었다. 그녀의 뜨거우
면서도 고집스러운 성격이 세바스티앙을 정복했고 끌어당겼었다. 그러나 그
는 그녀의 격정을 불태운 한편 또 그녀를 망가뜨리기도 했다. 12월 5일 콩

닝이 파리에서 위챗으로 음성메시지를 남겼다. "세바스티앙은 정말 나의 마음을 다치게 했어요. 너무 아파요!" 음성메시지 속의 목소리는 울먹이고 있었으며 극도로 지치고 풀이 죽어 있었으며 실망하고 있었다. 그리고 그녀는 「초심을 잃었구나」라는 시를 지어 서로 사랑하면서 또 서로 상처를 준, 폭풍처럼 왔다 간 감정을 봉인해버렸다. 그 시에 는 이런 구절이 있다.

　스러져 가는 저녁노을은 여전히 겨울날의 핏물이던가
　어두운 밤을 위해 창문을 열어 제쳤다
　이제 곧 사라질 나이기에 방비할 필요가 없다
　바람의 정서에 귀를 기울이고
　나에게 입맞춤해주는 비가 좋구나
　북위 45도에서 16살에 도약하는 모습을 간직하고
　증명해주길 바라지 않는다
　이르는 곳마다 오래 떨어져 지낼 곳인지 아니면 한 번 스쳐 지나갈 곳인지
　나는 하늘에도 아랑곳하지 않고 또 왜인지 알지 못하는 나에게도 아랑곳하

지 않고

저녁 무렵이 될 때까지 걸어간다

의혹을 내려놓고

자신도 잃고 초심도 잃고

황막한 허허벌판으로 돌아가는 것을 개의치 않는다

말도 없이 적막하게 조용하게

천천히 서두르지 않고

즐겁게 시들어 스러져간다

편안하게 걱정 없이

아무렇지도 않는 표정을 지으면서

　이 시는 짧으나 맹렬했던 그러나 이제는 멈춰버린 그들의 사랑을 표현한
것으로서 서로 아득히 멀리 떨어져 이생에서는 영원히 다시 만날 날이 없게
됐다는 의미를 나타내고 있다. 어쩌면 콩닝이 끊임없이 중복한 "나는 멀리
서 그대를 바라보네"라는 시구처럼…… 다만 여기서 그대는 더 이상 세바스

티앙이 아니라 그가 가져다준 파리의 핑크빛의 우연한 만남을 가리키는 것이며, 맹렬했으나 순식간에 사라져버린 사랑을 가리키는 것이리라.

지나간 사랑들처럼 콩닝의 사랑은 대부분 시가 되어 종이 위에 쓰여져 사라졌다가 또 다른 깊이 있는 영원함이 되어버렸던 것이다.

콩닝의 행위 예술 「사계절 나뭇잎」의 장치

4
Chapter

그녀의 연인, 그녀의 무덤

4. 그녀의 연인, 그녀의 무덤

　콩닝은 아픔을 안고 살아가면서도 또 뜨겁게 불타고 있는 여인이었다.

　2016년에 콩닝의 시집『콩닝이 아침에 깨어나』가 이 세상의 관습이나 관례에 어긋나는 것쯤은 전혀 아랑곳하지 않고 세상에 나왔다. 이 시대는 필경 시적인 요소가 부족한, 시를 별로 읽지 않는 시대이다.

　신세계출판사에서 출판한 그 시집은 제목이 별로 시적이지 않은 것 같기도 했다. 그러나 썩 시적이지 않은 가운데도 시적인 궁금증을 포함하고 있었다. 즉 "콩닝이라는 여인이 매일 아침 깨어난 뒤 무엇을 하는 걸까?"를 다룬 시집 이었다.

　"시를 짓지!" 그녀는 "6시부터 8시까지 시를 짓는다."라고 말했다. 그녀는 시를 지을 때 단숨에 지어 내곤 하는데 한 글자도 고치지 않고 위챗 모멘트에 직접 올리곤 한다. 설령 예술 활동 때문에 다른 나라에 가더라도 그녀는 시 쓰기를 중단하지 않는다. 지난 십 년 동안 아침에 깨어날 때마다 쓴 그녀의 시가

천여 수에 달한다. 그녀의 시는 농염한 글귀, 그윽한 정서, 은밀한 정취를 띠는 것이 특징이다.

날이 밝는 것이 콩닝에게는 새롭게 태어나는 것과 같다. 그녀는 어두운 죽음 속에서 깨어나 기묘한 시구들을 써내 그 시구들이 햇볕을 쬐고 공기를 들이키게 한다. 그녀는 스스로 시에 대한 개념이 없다고 말한다. 그녀는 그저 요염한 글귀들이 나타나는 찰나에 잽싸게 잡아 "그들이 나와 함께 눈을 뜨고 나와 단짝이 되어 강풍을 잡아끌며 앞으로 걸어갈 수 있게 하는 것이다. 대다수 글귀들은 나에게 잡힌 후에는 더 이상 몸부림치지 않고 내가 펴놓은 깨끗한 술보^{酒褓} 위에 얌전히 누워 있지 않으면 풍류 스런 나의 붓 끝에 취해 죽곤 한다."

이 모든 것은 마치 모두 "죽어버린" 어두운 밤에 일어나는 것 같다. 깊은 밤하늘에서 파견된 뮤즈가 그녀의 귓가에 몰래 무슨 말을 속삭이고 간 것 같다. 그녀의 영혼 깊은 곳에 있는 베일은 오직 어두운 밤에만 벗겨낼 수 있는 것 같다.

2016년 4월 19일 아침에 콩닝은 「드리우지 않은 커튼」을 완성했다.

너무나도 오늘은 바다의 품에 안기고 싶다

너무나도 자신의 윤곽을 다시는 찾지 않고 싶다

한 생이 이렇게 깡그리 사라져 버리는 한이 있어도

내 마음은 더욱 생생한 태양 광자로 전락했다

뒤엉킨 숨소리는 허허벌판의 맹호와 사냥개의 것

천년의 얼음이 녹아내려

아무 것으로도 봇물이 터지는 것을

막을 수가 없어 참지를 못할 것이니

오늘은 비가 올 것이다

꼭 비가 올 것이다

그것은 나를 제일 사랑하는 사람의 눈에서 핑그르르 도는 가장 소중한 눈

물이다

나는 밤새 커튼을 드리우지 않았다

나를 사랑하는 사람이 깊이 잠든 나의 입귀가 올라간 것을 볼 수 있게 하기 위함이다

나는 파란 풍선을 쥐고 바닷가에 날아 내린 꿈을 꾸었을 것이다

인형을 쥐고 수줍은 듯 꽃 춤을 추는 꿈을 꾸었을 것이다

하늘이 내린 나의 깊은 사랑 그대는 어디 있는가?

바람이 멈추고

공기가 숨을 쉬지 않을지라도

나는 목청껏 그대를 부를 것이다

나는 온 힘을 다해 그대를 부를 것이다

다른 사람은 나의 눈물이 번개처럼 사방으로 흩날리게 할 수 없다

나는 몇 년을 소중히 간직해뒀던 말과 평생의 행낭을 들고 그대를 만나러 가리라

오늘 나의 사랑하는 마음은 그대가 어디 있든지

내가 흰 나비로 변하거든

내가 흰 계란 껍데기로 변하거든

우리 세월과 함께 몸을 돌려

우리 우주와 함께 눈 한 번 깜빡이지 않고 주시하자

손에 손 잡고 지난날을 향해 달려 젊고 아름다운 하늘의 창자가 되자

가늘어졌다가 높아졌다가 둥글어졌다가 부드러워졌다가 붉어지면서

그리고 그녀는 자신이 디자인해 지은 시 "웨딩드레스"를 입고 5점의 시 장식 작품 「시를 부화하다」 「바람과 함께 사라지다」 「철도 위의 시」 「글자 가 뛰는 필통」 「흰 나비」를 가지고 청둥城東 의 차오양朝陽 공원에서 출판사와 공동으로 독특한 풍격의 새 책 발표회인 "제 몸에서 시를 떼어가세요"를 개 최했다. 이로써 사람들 마음속에서 오래도록 잠자고 있던 시의 노래를 깨웠 다. 〈사진 32〉

"이 여인은 재미있어요. 이야기가 있거든요. 저는 시를 잘 몰라요. 그 저 직감이 그렇다는 거죠."

스스로 류징劉京 이라고 이름을 밝힌 독자가 콩닝의 시집을 보면서 말했다.

〈사진 32〉 콩닝 시집 『콩닝이 아침에 잠을 깨다』
출판기념 회견장에서 시낭송을 하는 모습

"보통 시(책)를 쓰는 사람은 그림을 그릴 줄 모르고 그림을 그리는 사람은 반드시 시를 지을 수 있는 것이 아니거든요. 그런데 이 사람은 시를 한 권 짓고 시집 속의 그림도 직접 그렸어요. 그림들을 보면 참 마음이 아파요."

확실히 콩닝의 시구는 그녀의 그림처럼 사람의 마음을 흔들어 놓으며 고요함 속의 몸부림, 고통 속의 반짝임을 나타낸다. 그녀는 「구름이 걷히고^{晴郞}」에 이렇게 썼다.

해질 무렵의 갈대

이별을 앞둔 꽃줄기를 부여잡고
마지막 숨을 모으는 흰 장미
핏발이 선 지난 일들과 작별하고
손상된 심장은 자유를 얻었다
태양은 해바라기 꽃의 빨개진 눈 위에 쓰러져
미소가 멎었고
자궁 속에서 깊이 잠든 까만 비둘기는
댄스 스커트를 입고 떠돌아 다니네
벌판이 무성한 연인을 삼켜 버리네
도망쳐
나는 또 내던진다
지난 일들을
새로운 피의 흔적을 쫓고 있다

이처럼 부드러움과 강경함이 극단적으로 모순되는 경지가 그녀의 시에 자주 나타난다. 콩닝 자신의 말을 빌린다면 그녀는 마음속에서 연골과 호기심을 꺼내 문자의 몸통을 조성한 뒤 그들이 밤낮없이 생각하면서 사랑의 시달림과 달콤함 속에 빠져들게 하는 것이다. 그녀는 스스로를 "눈물이기도 하고 공기이기도 하며 고통이기도 하고 얼음사탕이기도 하며 또 작은 꽃이기도 하다"라고 형용했다. 그의 이 말은 바로 그녀의 시와 그림 속에 가득한 여러 가지 모순의 충돌과 우연한 일치를 이룬다.

홍콩의 쉬커徐克 감독은 콩닝의 시를 읽을 때는 "문자 겉면이 나타내는 뜻에 따라 시의 내용을 이해할 것이 아니라 그 뒷면에 숨어 있는 불안하고 분노한 심령으로 시의 영역을 터득해야 한다"라고 말했다.

그녀의 행위예술처럼 시도 콩닝의 또 다른 표현 통로일 뿐이다. 그녀의 시에서 주인공은 언제나 사랑을 갈망하고 있고, 사랑의 유혹을 받고 있거나, 사랑에 버림받았거나, 혹은 사랑에 배신당했거나, 운명에 치인 외롭고 우울한 여인이다. 때로는 밝은, 때로는 얼룩진 색채를 띠는 이들 시구들이 독자들과 마주서서 독자들을 한 여인의 은밀한 사적인 장면 속으로 이끌어 사람을 두렵고도 마음 아프게 하는 그녀의 기이한 이야기들을 들려준다. 이런 부분은 그녀의 그림 속의 장면과 일맥상통한다.

2000년에 병환으로 온갖 시달림을 다 겪어온 어머니가 세상을 떠난 뒤 콩닝은 변호사 직업을 포기하고 사형수들을 위해 변호하던 변호사에서 획기적인 변신을 실현했다. 2005년의 어느 날 고통스러운 꿈속에서 47년간 깊이 잠들어 있다가, 또 온통 상처와 아픔뿐인 세상에서 47년이나 기다렸다가 갑자기 잠에서 깬 것처럼 전문적인 미술훈련을 한 번도 받은 적 없는 그녀가 갑자기 화필을 들고 신의 이끌림을 받기라도 한 것처럼 첫 유화그림 「억세다」를 그렸다.

「억세다」는 한 무더기의 갈대를 그린 그림이다. 야외에서 자생 자멸하는 그 생명이 활활 타오르는 불길 속에서 불타고 있는 그림이다. 그 그림은 기교에 대해 논할 바가 못 되며 엄격한 회화 차원으로 평가할 수준이 못 되었다. 그러나 화가의 마음에 수십 년간이나 쌓여온 상처와 아픔, 분노를 남김 없이, 너무나도 생동적으로 보여주었다. 그 불타는 갈대의 모습이 마치 버섯구름의 모양을 하고 있어 매우 깊은 뜻을 포함하고 있었다. 콩닝은 그 작품을 완성하고 얼굴이 눈물범벅이 되도록 울었다고 말했다. 갈대는 거센 불길 속에서도 여전히 억셌다! 이는 곧 그녀가 뼛속 깊이 숭상하는 "영원히 방향을 잃지 말자, 영원히 포기하지 말자"라는 정신을 은유적으로 표현한 것이기 때문이다. 물론 이 또한 정신적인 상처와 아픔, 떨쳐버릴 수 없는 공포를 지닌 채 인간세상을 떠날 수 없다는 그녀의 선언이기도 했다.

콩닝은 어떠한 예술 비평가든지 이른바 엄격한 학원파적 시각으로 그녀의 유화작품을 대하는 것에 매우 큰 거부감을 갖고 있다. 그녀는 단 하루도 정규적인 회화 기교, 예를 들어 투시 도법이라든가 스케치, 사생 등에 대한 훈련을 받은 적이 없기 때문이다. 그녀는 매일 화가畵架 앞에 서서 윤곽도 그리지 않고, 참조 대상도 없이 그저 그렇게 화필을 들고 하나하나의 인물들이 놀란 표정으로, 당황해 어찌할 바를 몰라 하는 표정으로 그렇게 쏟아져 나오게 한다. 그녀가 그들이 쏟아져 나오는 것을 제지시키려 해도 그렇게 되지 않는다. "그들 모두가 생명이다. 그들이 나의 그림을 통해 마음을 털어놓으려 하는 것이다. 나의 그림은 단순한 어느 한 화면이 아니며, 또 어느 예술품 유파도 아닌 일종의 생명 체계이다."

온갖 고난을 다 겪었지만 그녀는 여간해서는 말을 하지 않는다. 콩닝은 말수가 적은 어머니에게서 침묵이 요란한 것보다 더 가치가 있다는 한 가지 도리를 깨우쳤다. 2005년 그녀는 화필을 손에 쥐는 동시에 시 짓기도 시작했다. 베이징에서 매일 매일 날이 밝는 시각이 그녀에게는 "가장 행복한 시각이다. 사랑과 그리움을 글로 써서 짝사랑하는 사람에게, 자연에게, 인류에게 줄 수 있는 시각이기 때문이다." 그래서 부모도 없고 사랑도 없는 이혼한 이 여인은 조용한 절망 속에서 그림그리기와 시 짓기에 의지해 억세게 버티고 있는 것이다. 마치 한 떨기의 철공예로 만든 장미처럼 굳세고도 냉염하다.

그녀는 쓴 눈물을 머금고 찬미하는 시를 읊고 있으며 모진 시달림을 받아온 영혼은 언제나 봄맞이 드레스를 입고 "어두운 밤의 속박을 서서히 걸어 지나가서 외로운 속박을 폭죽처럼 즐겁게 터뜨린다" 만약 그림을 그리지 않고 시를 짓지 않고 예술창작으로 마음속의 고통을 위로하지 않았다면, 콩닝의 살아 숨 쉬는 육신과 그 민감한 마음은 죽을 때까지도 말이 없을 것이다. 그래서 이 세상에서 그녀가 왔었다는 사실을 아는 사람은 더 이상 없을 것이며, 그녀가 겪었던 고난의 존재에 대해 아는 사람도 더 이상 없을 것이다.

그녀는 스스로를 여자 포레스트 검프라고 형용하면서 성실하고 용감하며 삶이 주는 행운과 불행, 슬픔과 기쁨을 거리낌 없이 마주한다고 말한다.

"어머니가 영영 떠난 뒤 의지할 곳을 잃었다. 엄마가 계실 때 나는 엄마와 서로 의지하면서 살았다. 엄마가 떠난 지 18년간 나는 예술과 서로 의지하면서 18년을 살았다. 그림을 그리는 것이 나에게는 하나의 채색 세계이며 슬픔을 남김없이 표현할 수 있고 감정을 있는 그대로 드러내 보일 수 있는 세계이다."

나는 나의 그림 속에서, 나의 시 속에서 새롭게 다시 태어났다. 매일 자신을 해체했다가 다시 맞춰 넣곤 하면서 자신에게 "일어나! 어서 일어나! 해는 평소대로 떠오를 것이다! 자연은 얼마나 아름다우냐!"라고 말하곤 한다. 그렇게 그녀는 자신의 그림 속에서 매번 죽었다가 매번 다시 살아나면서 한 번한 번 찬란하고도 굳세게 살아가고 있는 것이다!

어머니가 세상을 떠난 뒤 콩닝은 그 어디든 집이 아니라는 느낌이 들었다.

그러나 그녀처럼 감성을 지닌 사람이라면 또 어디든 집으로 생각할 수 있다. 그녀는 사방에 작업실을 설치하기 시작했다. 2005년부터 2015년까지 10년간 8개의 그림그리기 공간을 설치했는데, 폐허된 공장, 철도 옆, 감옥 옆, 정신병원 밖 등에 분산되어 있으며 거의 다 홀로 개조해서 만든 공간이다. 그녀는 건물들을 개조하는 것을 통해 "고아와 같은 불안전감"을 메우고 "잠시나마 발 디딜 수 있는 공간이 주는 보호와 비바람을 막아주는 따스함을 느끼고자 했다."

  허름하기 그지없는 곳에 그림을 그리는 공간을 마련하는 과정에서 콩닝은 사회 최하층의 가장 비천한 사람의 몸에서 발산하는 가장 따스한 인성의 빛을 수도 없이 느낄 수 있었다. 2008년 2월 콩닝은 베이징 동교의 후이춘會村이라는 잡초가 우거진 곳에서 면적이 800제곱미터에 달하는 버려진 창고를 발견했다. 철도와 매우 가까운 곳에 위치한 창고 안에는 온갖 쓰레기가 가득 차 있었으며 창문도 없고 문도 없이 그렇게 트인 창고였다. 그녀가 넝마를 줍는 부부를 만나 물어보니 그 창고 주인을 안다면서 2만 위안을 내면 1년간 임대해 사용할 수 있다고 알려주었다. 그녀는 그 부부에게 임대료를 주고 일

주일 동안 쓰레기를 정리해낸 뒤 창문과 문을 달고 근처에 있는 폐품을 수거하는 곳에서 모든 집기들을 사다가 배치해놓았다. 그리고 조명등을 장치하고 벽은 남색, 노란색, 검은색으로 회칠을 해놓았다. 그녀는 그 작업실에 "인도기차"라는 이름까지 지어주었다. 그런데 이제 막 「장행주壯行酒」라는 한 가지 장치를 완성하였을 때 갑작스레 그 곳을 헐게 될 것이라는 통보를 받았다.

콩닝이 건축노동자처럼 하루 종일 먼지투성이가 되어 지쳐 돌아가느라고 여성다운 매력이라곤 찾아볼 수 없을 때 가장 감동적인 장면이 나타났다. 그녀를 도와 철문을 용접해준 23살의 젊은이가 콩닝 홀로 매일 폐허에서 바삐 움직이는 것을 보다 못해 어느 날 문득 그녀에게 말했다.

"누님, 왜 사서 고생이세요? 하루 종일 배를 곯으며 힘들게 고생해도 누구 하나 아껴줄 사람도 없는 데요. 저에게 시집오세요. 제가 밥해 먹일게요. 우리 집은 가난하긴 해도 양도 4마리 있어요. 우리 집으로 가요. 우리 엄마가 뜨끈뜨끈한 밥을 해줄 거예요. 엄마가 양젖도 짜 줄 거예요." 그녀의 앞에 있는 작고도 여윈 그 시골 총각을 바라보는 콩닝의 마음은 마치 둑 터진 바다처럼 세차게 일렁이더니 눈물이 샘솟듯이 흘러나왔다. 그 마음씨 착한 총각은 자신의 눈앞에 있는, 자신을 그렇게 마음 아프게 하는 이 여인이 스스로 자신을 추방했다는 사실을, 또한 영혼의 안식처를 찾아 멀리까지 왔다는 사실을 알 리가 없었다. 〈사진 33〉

〈사진 33〉 쿵닝의 작업실 「인도기차」

물론 이는 또 홀로 외롭게 타향을 떠돌려는 자신의 의지에 도전하는 것이며, 속세를 멀리 떠나 세상을 방랑하면서 창작의 열정을 자극하기 위한 것이기도 하다.

그러나 그녀는 아름답고 절묘하게 꾸며놓은 그림 공간들을 나중에는 그녀 자신이 하나씩 "망가뜨려"버리곤 했다. 미처 가동하지 못한 "인도 기차"까지 포함해서 말이다. "시정 건설에 양보해야 했기 때문이다." "인도 기차"는 그녀가 만든 8개의 그림 공간 중에서도 가장 힘들게 건설해놓은 것이며, 또 가장 포기하기 서운한 것이었다. 콩닝은 이렇게 회고했다. "남색 기차까지 다 만들어 놓았었다. 실외 근처의 철도로 기차가 지나가면 내가 앉아 있는 의자까지 흔들렸다! 마치 나의 기차도 움직이기 시작한 것 같았다."

콩닝은 번번이 뛰어다니면서 마음속의 갈망을 건설했다가는 또 번번이 직접 만들어놓은 외로운 역들을 헐어버리곤 했다. 그녀는 "이들 공간이 마치 열차 차창 너머로 스쳐지나가는 풍경과도 같아 한 번도 지나온 길을 후회한 적이 없다. 나는 단지 있는 힘을 다해 끊임없이 표현하고 싶을 뿐이다"라고 말했다.

이제 그녀는 드디어 시쟈오민샹 67번지, 그녀의 어머니에게서 물려받은 작은 울안에 발걸음을 멈추었다! 그녀가 매일 그 곳에서 그림을 그리고 있지만 이제 또 어디로 갈지, 마지막 삶의 터전은 어디가 될지 여전히 확정지을 수 없다. 그녀의 생명은 언제나 길 위에서 활짝 피어날 수 있기 때문이다.

"기실 콩닝은 아주 많은 아픔을 안고 사는 사람이다." 그녀의 친구인 왕이제王藝潔가 말했다. "그녀는 자신의 아픔이 글과 만나게 했다. 그녀의 시 속에서 나는 나의 의식 속에서 취약한…… 모든 나약하고 망설이며 가식적이고 비뚤어진 영혼이 그녀의 (시와 그림) 앞에서 세례를 받고 있음을 훤히 들여다볼 수 있었다."

콩닝은 물론 그녀에 대해 잘 알고 있는 사람이 그녀의 작품에 대해 분석하는 것을 들을 수 있기 바란다. 그러나 그녀는 또 그들의 분석에 대해 별로 개의치 않는다. 그녀가 말했다. "일단 이론과 격식적인 틀 속에 들어가 박혀버리면 나의 시와 그림은 생명의 생동함과 자연스러움을 잃게 된다."

그녀의 몸 속 어딘가에 사람들이 잘 알지 못하는 곳에 뮤즈 여신이 살고 있는 것이 틀림없다. 뮤즈는 한 마법의 상자를 관리하고 있으면서 늘 동틀 무렵이면 그 상자 안에서 요정을 하나 꺼내 콩닝에게로 날려 보내곤 한다. 뮤즈가 마법의 상자를 열어 내보낸 문자들이 콩닝과 만나기 전에는 숨 쉴 수 있는 지지대가 없어 상자 속에 조용히 웅크리고 있을 뿐, 휘날릴 기회도 없고 흐느낄 이유도 없으며 아무도 알지 못하는 어두운 세계에서 걸어 나와 봐주는 사람도 있고 읊어주는 사람도 있는 세계로 갈 수 있는 능력도 없다.

콩닝이 그들에게 생기를 불어넣어 그들의 생명이 끝나지 않고 영원할 수 있게 했으며, 그러한 수련을 거쳐 요정이 된 꽃 같은 여인으로 변하게 해 화폭 위에서, 시 속에서 슬퍼하고 분노하고 억울해하고 항쟁할 수 있게 했다.

널리 알려진 작가 류전원劉震雲은 "시인은 광분하기 쉽다"고 주장했다. 시인에 화가까지 더하면 넋이 나가기 쉽다. 콩닝의 시와 그림을 보는 것은 기실은 그녀의 나간 넋을 보고 있는 것이다. 〈사진 34-1, -2〉

확실히 콩닝은 마치 자신의 껍데기 위에 떠있는 그림자와 같고, 그 영혼은 다른 곳, 즉 그녀의 그림과 시 속에서 노래를 부르고 있는 것 같다. 이때 그녀와 이야기를 나누게 되면 정신이 흐리멍덩한 것이 마치 시와 유화 속에서 걸어 나온 사람 같다. 특히 그녀의 화실에 들어서면 "쌔~"한 느낌이 든다. 온 몸의 솜털이 곤두서는 것 같으며 등골이 오싹해지는 느낌이다. 방안은 벽에까지 온통 그림으로 가득 찼는데 그림 속의 사람들이 나를 뚫어지게 바라보고 있는 듯한 느낌이다. 각기 다른 표정과 각기 다른 눈빛을 하고 있는데 마치 "넌 누구니? 네가 우리를 알겠니?"라면서 추측해보는 것 같다. 그림을 보고 있는 사람도 "너희들은 대체 콩닝이 그린 그림들이니? 아니면 콩닝의 육신에서 뛰어나온 영혼이니?"라면서 추측해보는 것 같다.

〈사진 34-1〉 콩닝이 창작한 200㎡에 달하는 철피화鐵皮畵 「세 여자아이」 3장

〈사진 34-2〉 콩닝이 창작한 200㎡에 달하는 철피화(鐵皮畵) 「세 여자아이」 3장

콩닝의 화실은 베이징 시청西城의 한 오랜 역사를 가진 (후퉁胡同, 골목) 시쟈
오민샹西交民巷 67번지에 위치해 있다.

시쟈오민샹은 창안졔長安街와 평행하며 마오쩌동 기념당 서쪽에 있다. 오래
전에는 은행이 많았는데 청조 말기에서 20세기 후기까지 옛 베이징의 백년
역사를 가진 금융가였다.

시쟈오민샹 67번지 그 곳은 금방 눈에 뜨이지는 않지만 매우 특별한 정원
이다. 거리 쪽으로 나있는 창문에는 방범조치로 철창을 설치했으며, 거기에
철제 대문까지 해 달아 겨울이면 유난히 차가운 느낌이 든다.

작은 정원 중앙에는 굵고 큰 오동나무 한 그루가 자라고 있는데 우뚝 선 몸
체에 꽃떨기를 가진 무성한 가지들, 정원 주인이 지붕을 엮어놓지 않았다면
그 나무는 위로 더 쑥 자라 올라갔을 것이다. 나무는 지름이 3미터는 족히 되
며 뿌리를 땅에 깊이 내렸다. 나무 아래에 놓여 있는 긴 목제 테이블 위에는
흰 드론워크 소재의 테이블보가 쳐져 있고 테이블 위 원통 모양의 유리병에
는 다 시들어버린 꽃이 머리를 꿋꿋이 쳐들고 꽂혀져 있다. 가을이면 새하얀
오동꽃잎이 바람에 흩날리며 땅 위에, 테이블 위에 떨어져 내리는데 번화해

보이면서도 쓸쓸한 분위기가 감돌곤 한다.

　침실과 화실의 흰색 창문에도 흰 드론워크 소재의 커튼이 쳐져 있고 2인용 침대 위에도 흰 드론워크 소재의 침대시트가 씌워져 있으며, 심지어 화장실 세면대 옆과 주방의 컵이며 그릇, 솥 아래도 흰 드론워크 소재의 혹은 뜨개질해 만든 자그마한 받침보들이 깔려 있다. 그것은 모두 베이징 보화^{補花} 드론워크 공장에서 만든 제품들인데 이제는 시중에서 찾아보기 드물게 되었다. 베이징의 둥쓰^{東四} 처럼 유행과 역사가 공존하는 거리에서만 패션 가게들 사이에 베이징 옛 보화 드론워크 공장 재고품을 판다는 간판들이 어울리지 않게 끼어 있는 것을 가끔 볼 수 있다.

　날이 희끄무레할 때면 방안의 흰 커튼이며 시트, 받침보가 담담한 러시아 풍의, 그리고 옛날 유럽 귀족가정의 음침하고 차가우면서도 고아한 분위기가 풍긴다. 그 작은 주택은 오랫동안 수리하지 않은데다 주인이 자주 와서 머물지 않고 다만 화실로만 쓰고 친구들과 작은 모임을 가지는 곳으로만 쓰고 있어서인지 몰락한 귀족 집안의 화려하고 정교한 분위기를 느낄 수 있다.

　이는 주인의 마음속 깊은 곳에 들어가 있으면서 한 번도 사라진 적이 없는 고전적인 심미적 정취인 것이다.

　베이징의 초겨울 어느 날 오후 4시 무렵, 하늘은 피곤함을 견딜 수 없다는 듯이 눈꺼풀을 내리깔고 희끄무레한 빛을 뿜고 있었다. 작은 주택 거실 안은 유화들로 가득 차 있었다. 그러나 이들 유화들은 눈부시게 아름다운 색채와는 달리 우울하고 외롭고 차가우며 슬픈 기운이 확 안겨오는 듯했다.

　이날 콩닝은 빨간색 바탕에 작은 네모 무늬가 있는 저고리에 검정색 작업복 바지를 입고 크고 헐렁한 털신을 신고 있었는데, 바지와 신발 위에 유화 물감이 튀어 빨갛고 하얗고 파랗고 알록달록한 것이 마치 울긋불긋한 하늘에 총총한 별들 같았다. 그녀는 화가 앞에 서서 「붕대를 감은 사람」이라는 그림의 마지막 작업을 하고 있는 중이었다.

　그녀는 그림을 그리는 것이 마치 즐기고 있는 것 같았다. 그녀는 근거 없이 만들어낸 것 같은 인물들을 어둡고 은밀한 곳에서 하나씩 이끌어내서는 그들에게 옷을 입히거나 옷을 벗긴 뒤 때로는 얼굴에 연지와 분을 칠해 그 사람을 요염하면서도 하녀처럼 한없이 억울한 모습으로 만들기도 하고, 또 때로는 연지와 분을 지워 그림 속의 그 사람이 교회당 내 컬러 유리 속에 있는 성모 마리아처럼 숙연하고 단정한 분위기를 띠게 만들기도 했다.

어떤 인물들에 대해서는 그녀는 그들에게 기다리도록 했다. 날 밝을 무렵까지 기다리게 한 뒤 콩닝이 잠에서 깨어 영감이 막 샘솟을 때 그 인물들 앞으로 다가가 그들을 새롭게 치장시키곤 했다. 어제는 슬픈 순교자의 모습을 하고 있던 그 인물이 오늘은 요망한 도깨비로 바뀔 수도 있다. 모든 것은 화가가 필을 대는 순간적인 느낌에 달렸다. 모든 것이 확정된 것이 아니며 모두 미리 설계된 것도 아니다. 이 또한 콩닝이 그림을 그리는데 있어서 사람들을 빠져들게 만드는 이유이다.

콩닝이 그림을 그리는 풍격은 질서나 규칙, 투시, 그리고 이성을 강조하는 아폴로식의 고전예술과는 전적으로 다르다. 그녀의 회화는 처음부터 표현주의적인 정서를 띠며 모든 것이 내면의 느낌을 바탕으로 해 색채가 화려하고 구도가 비뚤어졌으며, 기법이 평면적이고, 무심하고 범연한 듯하다. 이런 부분에 대해서 그녀 스스로는 어쩌면 미처 의식하지 못했을 것이다.

그리고 그녀 그림 속의 인물들은 거의 다 여성들이며 나체가 많고 대부분 경우에는 2~3명, 심지어 더 많은 여성들의 몸체가 한데 엉겨 생명이 왔다 가는 것을 대면하게 되는 침통하고 순수한 정서를 나타낸다. 콩닝의 그림에는 정치적 동기도 없고 상업적 목적도 없으며 모델도 없다. 그녀는 내면의 느낌에 따라 그림을 그렸다. 그녀는 순수한 사물과 순수한 사람을 감상한다. 그래서 그녀의 애증, 그녀의 애수, 그녀의 공포와 불안을 오로지 아무런 망설임도 없이 화폭에 반영했던 것이다.

매 한 폭의 작품마다에서 콩닝은 화필에 연민을 듬뿍 담아 여인의 희고 보드라운 살갗, 길고 가는 목선, 풍만한 젖가슴, 유순하고 매혹적인 몸을 그려내곤 했다. 그 작품 속의 여인들은 마치 어루만져주기를 기다리는 듯, 혹은 맞이하는 듯 하여 모딜리아니의 그림 속 여인들과 너무나 닮았다. 그러나 그녀의 그림 속 여인들의 눈빛은 우울하지 않은 것이 없고 놀라고 두려워하지 않는 것이 없으며 억울해하지 않는 것이 없다.

이때 그녀는 화법을 갑자기 바꿔 지극히 남성적인, 혹은 강권의 상징인 단단한 물건이 화폭을 거칠게 가로지르게 하며, 심지어 생명을 잉태하는 여인의 몸을 꿰뚫고 지나게 함으로써 질식할 것처럼 아프기 그지없는 눈부시면서도 말로써 표현할 수 없는 반항의 힘을 화면에 조성한다. 아마도 콩닝은 고난 받는 생명을 영원히 감을 줄 모르는 한 쌍의 눈으로 변화시켜 그 눈이 다른 곳에서 현실속의 고난을 주시할 수 있게 하고자 했던 것이리라.

고난 받고 있는 여인에게 가장 부드러운 관심을 돌리려는 것처럼 화면은 찬란한 색채와 열정으로 가득 찼다. 화면의 배경이건 그림 속의 육체 혹은 옷차림이건 할 것 없이 콩닝은 그림 속 그녀들에게 옷을 입히고 싶으면 항상 주황색, 오렌지색, 선홍색을 쓰곤 했다. 특히 붉은색은 한 폭의 그림에서 흔히 지배적인 지위를 차지하곤 했다. 그러나 얼핏 보기에는 단순하고 밝은 그 색깔들이 또 사람의 마음을 불안하게 만들곤 한다. 가끔씩 화면에 남색 혹은 녹색이 등장해서 사람들에게 마음의 위안을 가져다주기도 한다.

콩닝의 유화를 가장 많이 소장한 진훙웨이^{靳宏偉}는 콩닝의 회화작품에 대한 평론에서 이렇게 말했다. "그녀의 작품에서는 붉은 색이 많은 면적을 차지하는데, 그것은 붉은 색이 강렬해서 만이 아니라 콩닝 개인이 악몽 같았던 지난 삶에서 일부분을 취해 서술한 것이기 때문이다. 콩닝의 의식 속에서 현실 세계는 마치 검은 안개 속에 있는 것처럼 끝이 보이지 않는 세상이었다. 그

검은 안개 속을 걸어가는 그녀는 마음속에서 항상 '핏빛의 공포감'이 몰려오곤 했다."

그녀의 그림 중 절대다수를 차지하는 그림에서 관람자들은 피와 살이 의지와 뒤엉켜 싸우는 것을 볼 수 있으며, 생명과 죽음이 서로 뒤엉켜 싸우는 것을 볼 수 있다. 그녀는 극치에 달하는 아름다움과 피비린 내 나는 잔혹함이 여성의 몸통에 한데 얽혀 있게 그리기를 좋아했다. 그녀 그림 속의 여인들은 언제나 육체와 장미 향기가 뒤섞인 폭력으로 인한 피비린 냄새를 풍기곤 한다. 그렇다. "피비린내"는 그녀 작품에 대한 홍콩의 쉬커 감독의 평가이기도 했다. 가장 대표적인 그녀의 작품 「붕대를 감은 사람」에는 몸은 성숙되었으나 얼굴에는 천진한 빛이 흐르는 세 여인이 등장한다. 그 여인들의 머리 위에, 목에, 손목에, 발목에 붉은 장미들이 멋대로 피어났는데 가시 돋힌 장미 가지들이 그녀들의 풍만한 육체를 사납게 전혀 거리낌 없이 찌르고 지나갔다. 그러나 그 여인들은 아픔을 느끼지 못하는지 아랑곳하지 않는 표정을 짓고 있다. 단 눈빛에는 놀랍고 두려운 빛이 두텁게 쌓여 있을 뿐이다. 〈사진 35〉

〈사진 35〉 콩닝의 유화 「거즈(gauze) 속의 인간」

여기서 장미는 두근거림에 대한 은유 혹은 암시이며, 인생의 가장 빛나는 계절에 상처를 받고 놀란 생명을 가리키는 것이며, 이미 사라진 생명들, 비록 살아 있어도 영원히 슬픔을 안고 살아가야 하는 생명들을 가리켰다. 예를 들면 화가 본인 내면의 영원히 아물 수 없는 상처와 같은 슬픔을 안고 살아가야 하는 생명들을…… 하늘은 마치 그녀의 '상처투성이'인 육신을 신비한 통로로 삼아 인간세상의 아픔이 그녀의 몸을 통과하게 하고 "사람과 자연의 생명에 최대의 존중과 가엾이 여기는 마음을 주라"는 목소리를 전하게 하는 것 같았다. 콩닝은 보는 이에게 은은한 아픔을 느끼게 하는 그림으로 침묵을 깨우고 세상 사람들이 보고 각성할 수 있게 함으로써 더 이상 상해를 입히거나 상해를 입는 일이 없도록 하려고 하였다. 그녀는 눈으로 인류의 사명과 살아있는 의미, 그리고 사랑의 영원함을 일깨우려고 했던 것이다. 쉬커 감독이 "콩닝의 그림은 인간세상의 모든 공정과 신념에 대한 수없이 많은 의문으로 가득 차서 조용히 잠들지 못하는 유령들처럼, 인생의 짧은 생명선 위에서 춤추며 부르짖고 있는 것 같다"고 말한 것 그 자체였다.

이들 여인의 머리 위에 있는 "나비 리본"을 주목하라. 사실 그것은 상처를 싸맬 때 쓰는 붕대이다. 아픈 상처에 닿았기 때문에 붕대들로 만든 나비 리본이 조금은 무거워 보인다. 붕대와 은유적으로 표현한 장미가 대조를 이루며 꽃과 같은 눈부심은 순식간에 사라질 것이고 오직 피부표면에서부터 뼛속까지, 마음속 깊은 곳까지 파고든 아픈 상처만이 영원히 아물지 않을 것이라고 그림을 보는 이들에게 단도직입적으로 말해주고 있다. 실제로 붕대는 콩닝의 그림에서 하나의 고전적인 부호가 되어 그녀의 작품 속에 등장하곤 한다. 때로는 구체적으로, 때로는 추상적으로……

그러나 쉬커 감독은 "피비린내"에 대해 말할 때, "이들 여인의 머리 위에서, 손 위에서, 발 위에서 활짝 피어난 아름다운 꽃떨기를 흘시했으며, 놀라움과 두려움이 깔린 그녀들의 눈빛을 흘시했던 것 같다"고 말했다. 그것은 미리 알 수 없는, 통제할 수 없는 미래 운명에 맞닥뜨렸을 때 나타나는 두려움과 불안함이며, 어둠이 지난 뒤 마음속에 아직도 남아 있는 공포이며 혈육을 잃고 사랑을 잃고 자유를 잃은 고통이다.

그 고통과 두려움은 직접 겪어보지 않고는 느낄 수도 상상할 수도 없는, 무형의 폭력이 남긴 흔적은 없지만 깊은 상처의 흔적인 것이다.

콩닝은 환갑이 가까워오는 나이에 접어들었지만, 그녀는 여전히 호기심에 차 반짝이는 어린 여자아이의 눈을 가졌다. 다만 놀라 불안해하는 먹구름이 문득문득 이유 없이 눈 속을 스쳐 지나갈 뿐이었다. 이미 겪었던 고난과 공포가 그녀 자신의 그림자가 되어 떨쳐버릴 수 없었다. 그러나 그녀는 사람들 앞에서 그 마음의 상처들을 쉽게 드러내 보이지 않고 다만 조용히 그들을 예술로 승화시켰다. 그녀의 모든 작품들은, 행위예술이건, 유화건, 시가詩歌 건을 막론하고 모두 일종의 거울에 비친 영상처럼 그녀와 그녀가 처한 시대가 한데 얽혀 사랑과 미움이 뒤섞인 관계를 표현해 내고 있는 것이다.

그녀는 스스로 "언제나 안전감이 없었다. 생명의 기억 속에는 공포와 추위 뿐이었다"라고 말했다. 그녀는 마치 평생 동안 공포 속에서만 살아갈 것만 같다. 그녀의 그림을 보면서 그녀가 자신의 이야기를 하는 것을 듣노라니 지브란이 「예언자」에서 한 말이 떠오른다.

그대는 고독 속에서 우리의 한낮을 주시했고
불면 속에서 우리가 꿈에 웃고 우는 소리에 귀를 기울였습니다.

이제 우리에게 우리 자신에 대해 밝혀주십시오

우리에게 알려주십시오.

그대가 알고 있는 삶과 죽음 사이에 있는 모든 것에 대하여

　어느 한 평론가는 콩닝을 당대의 예술가라고 평가했다. 그러나 현실에 대해 풍자하고 조롱하기를 즐기는 오늘날 화가들과는 달리 콩닝의 그림은 큰 화폭의 군상이건 작은 화폭의 초상이건을 막론하고 그림 속에서는 영문을 알 수 없는 풍자와 욕설, 혹은 즐거워하는 정서를 전혀 찾아볼 수가 없다. 콩닝의 그림에서는 현실에 대한 짙은 비관적인 정서만이 드러나고 있다. 그러나 비관적인 정서에 푹 젖어 있는 그녀의 그림들은 또한 거의 광분에 가까운 격정들로 가득 차 넘치고 있는 것이다.

　2014년에 그녀가 창작한 「서로 껴안은 꿈」은 구도가 피카소의 「아비뇽의 처녀들」과 매우 비슷했다. 콩닝은 8명의 나체 여인들을 서로 빼곡하게 엉겨 있게 했는데 그녀들의 각기 다른 신체부위를 한 평면에 집합시켰기에 입체적인 투시감과 원근감은 없다. 그녀들의 몸체는 분해되었으며, 그러나 유연

하고 변화다단하며, 차이가 분명하다. 여인의 머리가 배를 뚫고 나왔는가 하면, 여인의 팔이나 다리가 가슴을 뚫고 나와 있는 등 보는 이를 불안하게 만드는 상태이다. 그리고 정면의 여인의 가슴은 온데간데없고 마치 모든 것이 뒤틀리고 엇갈려 있는 모습이다. 오로지 여인의 오관五官만 예나 다름없이 습관적으로 근심과 고뇌, 그리고 억울한 표정을 띠고 있어 한데 엉겨 있는 몸통들이 더 견딜 수 없는 고통에 시달리고 있는 것처럼 보인다.

어쩌면 그녀들에게는 아름다운 꿈과 흘렸던 사랑도 있었을 수 있다. 그러나 미처 꽃 피고 열매가 맺히기도 전에 유린당하고 짓밟히고 산산이 부서져 버린 것은 아닐까? 그래서 지금은 그렇게 서로 껴안고 서로 의지하고 하소연하는 것만이 유일한 꿈이 되어버린 것이리라.

콩닝은 초상화를 그리는 일이 드물다. 그녀의 몇 점 안 되는 초상화 중에서 「프리다」가 사람들에게 깊은 인상을 주었다. 초상화 속 여인의 눈빛에서는 거칠고 사나운 파도가 지나간 뒤의 차분함, 심지어 어느 정도 담담하기까지 한 정서가 흐르고 있다. 두 개의 단단한 쇠파이프가 프리다의 아름다운 유방을 거칠게 꿰뚫고 지나갔음에도 말이다. 그 「프리다」를 보면서 사람들은 콩닝 본인 내면의 인내력과 억센 기질을 느낄 수가 있다. 그것은 바로 콩닝의 프리다였다. 얼굴은 여전히 콩닝처럼 절망하고 우울한 표정을 띠고 있지만, 프리다 본인이 창작한 자화상에서 흔히 드러나곤 하는 난폭한 정서는 없었다. 그것은 사랑을 얻지 못해 화가 상투 끝까지 치민 상태에서 나타나는 정서이다. 초상화 「프리다」는 콩닝에게 있어서 특별한 상징적 의미를 띤다. 그것은 사랑을 생명으로 삼는 상징적 부호인 것이다.

기실 콩닝의 그림 속 여인들은 모두 콩닝 자신이다. 그녀는 오랜 세월이 지났어도 아물지 않는 자신 내면의 상처를 그렸다. 그녀의 그림은 사람들에게 프리다, 반 고흐, 뭉크를 떠올리게 한다. 그녀의 그림이 전하는 놀람과 두려움, 외로운 정서가 그들 그림 속의 정서와 너무 많이 닮아 있다. 죽음,

두려움, 고통, 고독이 사처에 도사리고 있으며, 그녀 그림의 유일한 주제라고 말할 수 있다. 그녀는 줄곧 과거에 겪었던 큰 재난에 시달리고 있다. 그래서 언제나 영감이 반짝 나타나는 순간을 재빠르게 포착한 다음 또 재빠르고도 소박하게 화폭에 그녀 자신을 재현해 내곤 한다. 그것은 거의 광분에 가까운 사랑과 연민의 순간이 굳어져 형성된 화면이다. 따라서 콩닝이라는 독립된 개체 특유의 모든 것, 즉 특유의 힘, 특유의 매력, 특유의 광기, 특유의 매력이 분명하게 드러난다. 중앙미술학원의 한 교수는 콩닝이 유화라는 서양 예술을 이용해 동양인의 아픔을 그려냈다고 말했다. 기실 더욱 정확하게 말하자면 콩닝 화면을 통해 반영된 것은 그녀 개인 특유의 것에 그치지 않고, 인류 공동의 뼈저린 아픔이라고 할 수 있는 것이다.

콩닝의 그림은 어떤 의미에서 말하면 모종의 기존 질서에 도전하는 것과 같다. 어쨌든 그녀는 대다수 사람들이 알면서도 회피하는 길을 선택한, 즉 인성의 악을 눈부신 색채와 매혹적인 여성의 알몸으로 그려냈다. 그래서 그 악이 더 추해 보이게 했으며 사람을 더 불안하게 하는 것이다.

그녀의 화필은 마치 날카롭게 날이 선 가위처럼 화폭 위에서 한 층 한 층씩 물감을 칠해나가는 동시에 그녀 상처의 살가죽을 한 층 한 층씩 찢어내고 있다. 그 가위가 그녀의 아픔을 한 층 한 층씩 벗겨내기를 십 년 동안 계속해왔다. 그러다 갑자기 2015년에 들어 맑고 투명한 두 번째 아침 햇살 속에서 그녀 화폭 속 여인의 몸이 부드러워지고 눈빛이 차분해졌다. 비록 그 아픔은 여전했지만…… 그녀는 그 그림에 「맑다」 라는 제목을 붙여주었다. 그리고 또 같은 제목으로 시도 한 수 곁들였다.

이른 아침 어둠 속에서 불안을 빼앗아
오랫동안 침습해오던 악몽을 직접 벗어버렸다
온기를 회복한 사지로 햇빛을 어루만졌다
눈부신 경지에 이르렀다
살갗에서 꽃가지라도 돋아날 것 같다
새들이 재잘대며 가슴에 안겨온다
열정과 용기를 안고
드러내 보였다

핑크빛 창자를
민들레가 라일락의 손을 잡고 걸어 나왔다
늘씬하고 아름다운 절세의 용모를 자랑한다

나는 나의 두 손을 잡았다
형체도 없고 끝도 없는 즐거움을 놀라게 하지 말자고
진실한 사랑의 믹서기가
나를 향해 열렸다
외로움과 헤어지는 것이 조금은 아쉽고
행복의 시럽을 삼킬 수 없을까 조금은 두렵고
영원한 그리움이 조금은 그립지만
이제는 시간이 없다
함께 뛰어들어 가루가 되고자 한다
빙빙 돌아가면서 가벼워지고
산산조각이 나면서 확대되려고 한다

여러 차례에 걸친 나의 생명을 매달았다

맑고 깨끗한 가운데서

녹아내린다

그녀의 그림과 마찬가지로 이 시에서도 정서적 대비가 존재한다. 현실 속의 콩닝은 사랑을 몹시 갈망하고 있으며 진심 어린 포옹을 갈망하고 있다. 그러나 그녀가 갈망하는 사랑은 단순하면서도 명랑한 것이다. 〈사진 36-1, -2, -3, -4〉 마치 "민들레가 라일락의 손을 잡고 늘씬하고 아름다운 절세의 용모를 자랑하는 것"처럼…… 그러나 그 기대에는 공포 즉 '믹서기'가 함께한다. 이는 매우 예리한 비유이다. 어쩌면 영원히 지나갈 수 없는 과거의 암흑과 상처를 가리키고 있는 것이다. 그녀가 원하는 사랑도 단순한 세속적인 사회의 남녀 간의 사랑이 아니라 순식간에 활짝 피어나 눈부시게 빛나는 사랑으로서 '세속적인 의미에서의 살림'을 한다는 뜻을 뺀 사랑이다. 그녀에게 있어서 사랑은 "해와 같고 햇빛과 같으며 피와 같은 것이며 나의 생명을 영원히 살아 있게 하는 것이다" 그녀는 사랑에 대한 요구가 몹시 까탈스럽다.

〈사진 36-1,-2,-3,-4〉 콩닝의 만년필화

바람처럼 한 번 스치고 지나가버리는 사랑은 그녀가 원하는 사랑이 아니다. 지금까지 태양과 같은 사랑이 그녀의 생명에 나타난 적이 없다. 그러나 사랑에 대해 생각만 해도 따스해지곤 한다. 마치 겨울날 가려졌던 마음속으로 햇빛이 밝게 비춰들 듯이 배고프지도 않고 지치지도 않으며 외롭지도 않다. 그 다음은 내일에 대한 말할 수 없는 기대로 가득 차는 것이다. 그녀가 말했다. "나는 항상 이런 생각을 하고 있다. 내가 기다리는 것이 나타나지 않을지라도 태양은 나타날 것이다. 태양은 나에게 절반 이상의 희망을 가져다줄 것이다." 그러나 얼마 뒤인 2017년에 머나먼 프랑스에서 그녀는 뜨거웠으나 짧은 사랑을 만나게 된다. 마치 하늘과 몰래 약속이라도 한 듯 콩닝은 쉴 틈 없이 그림을 그리고 시를 짓는 일에 빠져들었다. 하루하루, 한 해 한 해 그림을 그리고 시를 짓기를 반복하면서 근 십년을 보냈다. 십년 동안 거의 단 하루도 멈춘 적이 없을 정도였다. 하루만 그림을 그리지 않고 시를 짓지 않으면 마치 그날을 헛살았다는 느낌이 들 정도였다.

그녀는 하늘이 위에서 내려다보니 그녀라는 여인이 계속 다 크지 못했고, 계속 두려워하고 있으면서도 여전히 아이처럼 지구 위에서 뜀박질하고 있는

지라, 그녀에게 이와 같은 천부를 부여해 그녀에게 쉴 새 없이 그림을 그리고 쉴 새 없이 시를 짓게 한 것이라고 말했다. "마치 내 마음속의 아물지 않은 상처에서 이 시대의 일부 아픔을 짜낸 뒤 나에게 여러 가지 에너지를 흡수하게 해서는 표현해내도록 한 것 같다." 〈사진 37〉

그런데 지난 십 년간 예술가로서의 콩닝은 너무 조용했다. 주변의 친구들을 제외하고는 학원파의 미술계에서 그녀의 존재에 대해 아는 사람은 극히 드물었다. 그런 상황에서 2015년 3월 21일 그녀의 "혈기와 망상"이라는 타이틀의 유화전이 베이징 시파 갤러리(Cipa Galley)에서 선보이게 되었다. 혜성같이 나타난 그녀의 존재에 국내외 수집가들은 깜짝 놀랐다. 그들은 그녀의 영감이 어디서 온 것인지, 그녀 그림 속의 고난과 희망을 견뎌내는 여인들은 어디서 온 것인지, 그녀는 또 어디서 온 것인지 알 수 없었다. 미국의 한 수집가가 유화전에 전시된 30폭의 그림을 하나도 빠짐없이 모두 샀다. 이는 중국 미술사에서는 전설이라고 할 수 있는 일이다. 마치 그녀의 기이한 인생 경력과도 같았다.

갤러리에서 그 소식을 접한 콩닝은 여자 아이처럼 깔깔대며 웃었다. 그녀

〈사진 37〉 콩닝의 유화「하늘의 아이」

가 말했다. "나는 예술가가 아니다. 나는 하늘의 아이이다. 한 아이가 미술계를 휘저어놓다니 너무 재미있는 일이 아닌가!"

그러나 기쁨과 동시에 그녀는 또 "마음이 매우 아팠다. 그림은 나의 삶이고 그 그림들은 나의 아이들이다. 이제는 모두 남의 집에 가버리게 되었다." 2015년에 그녀는 82폭의 유화를 창작했다. 그중 49폭이 수집가에게, 혹은 미술관에 소장되었다.

실제로 콩닝은 극단적으로 모순되는 존재이다. 갓난아기처럼 단순해 즐거우면 웃고 슬프면 울고 전혀 감추지 않고 꾸밈이 없으며 때 묻지 않고 깨끗하면서도 또 외롭고 바람처럼 신비로운 미스터리 같은 여인인 것이다.

바람을 봤다는 사람이 있는가? 다만 꽃가지가 흔들리고 나뭇가지가 흐느낄 때에만 사람들은 "아! 바람이 부는구나" 하고 문득 의식하게 된다. 그 바람이 어디서 왔고 어디로 불어갈지 또한 알 수가 없다. 예술창작에서 콩닝의 영감의 묘연함은 바람과도 같으며, 일을 처리하는 풍격에서 지행합일(知行合一, 지식과 행동이 일치함)을 이루는 것도 바람과도 같다. 일단 좋은 생각이 떠오르게 되면 바로 행동에 옮기고, 일단 진실한 감정이 생기면 바로 그림 속에, 시 속에 표현하곤 한다. 그럴 때면 그녀는 먹지도 마시지도 자지도 않을 수 있다. 그녀의 감정을 동하게 했던 사람에 대해서 그녀는 영원히 마음속에 친밀하고 은밀한 공간을 남겨두곤 했다.

콩닝은 하루에 한 끼밖에 먹지 않는다. 그녀는 자신이 "25년간 싱글녀로 살아왔기 때문에 이제는 따스함이 뭔지에 대해 더 이상 곰곰이 생각해보지 않은 지 오래다. 그림을 그리다가 배가 고프면 밥 한 술 먹고 목이 마르면 물 한 모금 마시고 졸리면 그냥 쓰러져 자곤 한다."라고 말했다. 2005년부터 그림을 그리기 시작한 뒤로 그녀는 대부분 시간을 그렇게 지내왔다.

그녀는 식사도 매우 간단하게 했다. 콩닝은 육류를 거의 먹지 않았다. 이는 그녀가 채식주의자여서가 아니라 환경에 대한 생각에 마음이 아파서이다. 그녀가 말했다. "인류가 소비를 많이 할수록 쓰레기가 많이 생기게 된다. 환경이 보복할 것이다." 그리고 또 시간이 아까워서이기도 하다. 요리를 하는 데 시간을 써버리는 것이 아까워서이다. 친구가 갑자기 찾아오거나 하면 그녀는 군만두나 마라샹궈麻辣香鍋를 대접하곤 한다. 가장 적은 시간을 들여 그녀가 가장 자신이 있는 이 두 가지 음식을 만들어내 접대하는 것이다.

마라샹궈도 언제나 감자, 목이버섯, 계란, 얇은 녹말묵에 메이린^{梅林} 런천 미트를 식재료로 쓴다. 군만두는 언제나 부추, 당면, 계란으로 속을 만들곤 하는데 먹어본 사람마다 칭찬을 아끼지 않곤 한다. 어떤 사람들은 먹어보고 집에 돌아가 똑같은 방법으로 만들어 봤으나 성공하지 못했다고 한다. 어떤 사람은 오랫동안 그녀를 만나지 못했을 경우 인사가 "너의 군만두가 먹고 싶어"라고 한다. 그리고 그녀도 누구를 보고 싶거나 하면 마찬가지로 "내가 보고 싶으면 와. 군만두 만들어 줄게"라고 말하곤 한다.

그러나 그녀도 정갈한 요리를 모르는 것은 아니다. 그녀가 베이징의 서산에 세운 장미 성루 식당의 6개의 긴 테이블 위에 올려놓은 식기는 몹시 정교하다. 그 식기들의 유일한 사명이 바로 사방팔방에서 찾아오는 손님들에게 몸과 마음이 즐거워지는 맛있는 음식을 대접하는 것이다.

콩닝은 매년 자신이 특별하다고 여기는 날이면 그 곳에서 모임을 갖곤 한다. 베이징 문화권 내 적지 않은 사람들이 그녀의 아름답기 그지없는 장미 성루에 가서 그 곳의 맛있는 음식과 술을 즐긴 적이 있다고 말한다. 단 그 사람들을 콩닝은 거의 알지 못한다. 그들은 콩닝의 친구들이 데려온 친구들이며, 그 친구의 친구들이 또 다른 친구들을 데려 오곤 했다. 그녀는 겸손하면서도 꼼꼼하게 그 낯선 손님들을 대접하곤 한다.

그녀는 사람을 대함에 있어 시원시원하고 대범하지만, 내면은 몹시 수줍음을 타는 사람이다. 그녀는 주동적으로, 또 일부러 나서서 성루 주인이라는 신분을 밝히거나 하지를 않는다. 그래서 심지어 즐겁게 놀다 가는 남자 손님이나 여자 손님들은 마지막까지도 콩닝이 누구인지 모르는 경우가 많다. 손님은 마음껏 즐기고 있는데 그녀는 오히려 시름에 잠긴 표정이다. 그녀는 잔들이 번거롭게 오가는 눈앞에서 펼쳐지고 있는 상황과 전혀 연관이 없는 장면과 이야기들을 슬픔에 잠겨 생각하곤 한다.

베이징 문화권 내에서 콩닝이라는 이름을 알고 있는 사람이 적지 않다. 그러나 그녀의 이야기를 진지하게 들어줄 수 있고, 그녀의 세차게 출렁이는 내면의 활동을 꿰뚫어볼 수 있으며, 그녀의 시와 그림을 전혀 사심 없이 감상해줄 수 있고, 그녀를 진심으로 대할 수 있는 사람은 매우 적다. 그녀는 늘 "베이징에서 나는 너무 외롭다"라고 말하곤 한다. 그녀는 시끌벅적 거리며 훌륭하게 차려입은 젊은 남녀들 속에서 엄숙하고 위엄 있는 하나의 불꽃이 되어 눈부시게 쓸쓸한 모습을 하고 있다.

그녀는 잠도 매우 간단하게 잔다.

콩닝은 거의 매일 화가 앞에 서서 아침부터 밤까지 그림을 그리곤 하면서 늘 너무 지쳐 옷을 절반밖에 벗지 못한 상태에서 잠이 들어버리곤 할 때가 많다. 이튿날 새벽에 깨어 여전히 옷을 반쯤 벗고 있는 자세로 있는 것을 보고 스스로도 마치 살아있는 조각과 같은 자신의 모습에 놀라곤 한다. 어쩌다 반나절 게으름이라도 피운 날이면 창작시간을 헛되이 보냈다는 양심의 가책을 받곤 한다. 〈사진 38〉 그런데 그녀의 거처, 특히 장미 성루는 특별히 따스하고 고아한 운치가 풍기게 장식해 놓았다. 18세기 유럽의 심미적 정취를 띠어 고귀하면서도 단순하고, 고전적이면서 격식에 맞춘 것이 처음부터 사람이 거주하기 위해 만든 것이 아니라 단지 그녀의 작품일 뿐인 것 같다.

심미적 차원에서 그녀는 18세기 풍격을 유난히 좋아하는데 그 이유는 "고귀한 기질을 띠고 있기" 때문이다.

어느 하루 잿빛 하늘 아래서 콩닝은 그녀의 시쟈오민샹에 위치한 화실 밖 그 높은 오동나무 아래 서서 또박또박 말했다.

〈사진 38〉 콩닝의 건축 작품 "장미의 성"

"나는 고귀하게 살다가 고귀하게 죽을 것이다. 나는 나의 그림과 시가 고귀하게 태어나서 고귀하게 살게 할 것이다." 그 고귀함은 그녀가 인류의 고난을 대하는 태도이며, 가엾게 여기고 용감하며 활달한 것으로서 지위와 금전과는 무관하다. 이 또한 그녀가 시와 그림 속 인물들에게 부여한 태도이기도 하다. 〈사진 39〉

그녀는 옷차림 역시 간단하다.

콩닝은 화장을 하지 않으며 장신구도 걸지 않는다. 머리를 뒤로 빗어 짧은 말총머리로 묶고 빨간 댕기를 달았으며, 앞머리는 눈 위까지 덮이게 길게 길렀다. 그리고 거의 사계절 내내 까만 옷차림이다.

그녀는 세속적인 사회의 변두리를 따라 걸어가면서 문화권 사람들과 휩쓸리지 않고, 갤러리와 결탁하지 않으며, 수집가와 출판사에게 아첨하지 않는다. 가장 훌륭한 그녀의 작품은 모두 그녀가 가장 자아적일 때, 마음속 밑바닥에서부터 분출되어 나온 것이다. 오히려 그녀의 주변에 뜬금없이 어떤 활동권이 생겨났는데, 그 사람들은 그녀의 재능을 이용해 그녀의 기이한 이야기를 소비하면서 산산이 흩어져서 제멋대로 과장하고 있다.

〈사진 39〉 쾽닝의 작업실 "크고 붉은 공간"

이에 대해 그녀는 분명하게 알고 있지만 그저 가끔씩 한 번 불평만 할 뿐이다.

콩닝은 타고르가 말한 것처럼 "살아 있는 동안에는 여름에 피어난 꽃처럼 눈부시고, 죽은 뒤에는 가을 낙엽처럼 조용하고 아름다운" 그런 인생을 좋아한다고 말했다. 흥미로운 것은 그녀의 새 시집 발표회에서 인도 GBD도서회사의 CEO 고사르 고유考沙爾·高郵 선생이 아들과 함께 콩닝을 위해 타고르의 그 시구를 낭송한 사실이다.

그 순간 그 시구를 낭송하는 소리를 들으면서 마치 타고르 본인이 하늘에서 콩닝과 대화하는 것처럼 콩닝은 눈가가 젖어들었다. 그녀는 "생명과 관련된 모든 아름다운 영혼은 모두 시처럼 아무데나 다 날아갈 수 있다"라고 말했다.

콩닝의 그림에는 예리한 시적인 의미가 담겨 있으며 그의 시 속에는 피비린내 나는 그림이라는 의미가 담겨 있다. 그런 의미에서 그녀의 시를 읽든, 그녀의 그림을 보든, 모두 그녀의 몸에서 시를 취하고, 그녀의 몸에서 그림을 취하는 것과 같다. 그러나 콩닝은 미니 블로그에 올린 어느 한 편의 글에서, 자신의 시와 그림의 의미에 대해 다음과 같이 묘사했다.

"유령 같은 것들이고, 모두 현실을 벗어난 것이다. 그 유령들이 나를
만나게 되면서 우리는 매일 한데 어울려 서로 떨어질 수 없이 되었다."

그녀는 심지어 자신이 오래 전에 이미 현실을 벗어나 살아가는 '유령'으로
변해버렸다고 말했다. 그 '유령 같은 것'들을 위해 그녀는 고생을 달갑게 생
각하고 있다. 결국 2005년부터 시작해 그 '유령들에 사로잡혀' 천 여 폭의 그
림과 백 수에 달하는 시를 내놓았던 것이다.

콩닝은 스스로 "예술가가 아니라 순간 피어난 작은 들꽃이고 순간 날아 지
나가는 나비일 뿐이다. 그 그림들은 마치 나비가 날아 지난 뒤 남긴 풍경이
며, 생명의 육신이 스쳐 지나가는 한 순간과 같은 것이다"라고 말한다.

그녀가 이렇게 말하는 것은 마음속으로 인류사회를 배척하고 대자연과 더
가까워지길 원하기 때문이다. 대자연이 그녀에게 준 것은 순수한 느낌이기
때문이다. 그러나 사람은 "너무 복잡하다. 때로는 사람들 속에 있노라면 어

떤 사람은 쉴 새 없이 계속 말하고 있는데 그들이 무슨 말을 하는지 나는 모두 알아들을 수 없다. 마치 이익 속에서 몸부림치는 것 같은 느낌이다"라고 그녀는 말했다.

그러나 그녀의 그림, 그녀의 시가는 그녀에게 있어서 "나의 영원한 연인이고, 또 앞으로는 나의 무덤이 될 존재들이다." 그래서 그녀는 그림과 시, 행위예술을 매개로 하여 이 허위적이고 겉치레뿐이며 거짓으로 꾸미는 현실사회에서 도망침으로써, 혹은 그녀가 육신을 기탁하고 있는 이 잔혹한 현실과 모종의 화해를 이룸으로써, 그녀 마음속에 자신을 위해 만들어놓은 이상의 왕국으로 편한 마음으로 들어갈 수 있었던 것이다.

'푸른 지구 꿈' 이야기는 계속 된다

2017년 12월 12일 '파리협정' 체결 2주년에 즈음하여 프랑스와 유엔 · 세계은행의 공동 주최로 '하나의 천체' 기후 행동 융자 정상회담이 파리에서 열렸다. 회의장 밖에서 콩닝은 230개의 '작은 푸른 사람' 옷을 입고 모습을 드러냈다. 한 마리의 푸른빛이 나는 큰 새가 하늘을 자유롭게 나는 것 같은 그 형상은 파리 정상회담을 들썩였다! 이는 환경보호를 사랑하는 한 중국 여성 예술가의 또 한 차례의 녹색 행위예술이었다. 프랑스 통신사(AFP) 기자와 여러 매체에서 콩닝의 '작은 푸른 사람' 행위예술에 대해 촬영하고 인터뷰를 진행했다. 콩닝이 자신의 체력과 열정, 애심愛心과 격정을 '작은 푸른 사람' 행위예술에 쏟아 부어 전 세계를 돌며 녹색의 '친환경 가치관'을 홍보하는 행위는 파리정상회담의 사기를 진작시키고 또 감동시켰다. 그날 밤 프랑스가 전 세계에 발표한 파리정상회담 관련 26장의 사진 중 15장은 중국 예술가 콩닝이 손에 '작은 푸른 사람' 사진을 들고 행위예술을 펼치는 사진이었다. 그녀도 그 사진들 속에서 유일한 당대 예술가가 되었다.

콩닝은 정말로 우주의 아이인 것 같다. 대담하고도 단순하며 상상력이 풍부하고 세계적인 그녀의 행위예술은 처음부터 프랑스정부와 파리 정상회담의 인정을 받았다. 그 힘의 원천은 그녀의 생명 속에서 지구를 사랑하고 지구를 보호하려는 사랑과 신념에서 나온 것이다.

먼저 그녀가 모든 나라에 가기에 앞서 각 나라 최고지도자들에게 써 보낸 편지부터 읽어보도록 하자.

대통령 각하:

안녕하십니까! 저는 예술가 콩닝입니다. 저는 환경보호와 관련된 행위예술에 종사해오고 있습니다. 이 시각 각하께 편지를 쓰는 것은 환경보호의 이념이 행위예술방식을 통해 전 세계에 전해질 수 있기를 바라는 마음에서입니다. 저는 생명을 한 방울의 물처럼 생각할 것을 호소하는 바입니다. 한 방울의 물처럼 조용히 왔다가 조용히 가면서 지구에 부담을 주지 말 것을 말입니다. 미래의 모든 생활 소비품은 모두 지구에 환원할 것을 호소합니다. 그래서 지구가 즐겁고 인류도 즐겁게 되기를 희망합니다. 모든 사람이 녹색생명을 창조하는 의의를 체험할 수 있고, 분해 가능한 친환경제품을 창조할 수 있기를 희망합니다. 모든 사람이 참여하여 친환경의 발명자, 친환경의 생산자, 친환경의 구매자가 되기를, 그래서 지구를 보호하고 사랑하는 일원이 되기를 호소합니다! 미래 세계의 가장 길고 가장 경제적이며 가장 예술적인 친환경사슬이 형성될 수 있기를 희망하는 바입니다. 인류가 적극적으로 행동에 옮겨 우리 인류와 지구가 함께 행복을 느낄 수 있도록 해주세요!

저의 '작은 푸른 사람' 행위예술은 예술작품을 제작해 몸에 걸치고 파리협정에 가입한 모든 국가들을 돌며 환경보호에 대해 홍보하고 친환경 가치관을 전파하려는 것입니다. 작품은 분해 가능한 재료로 제작한 230개의 '작은 푸른 사람'인데 전 세계 195개 국가와 35개 지역을 상징합니다. "생명은 한 방울의 물과 같이 조용히 왔다가 조용히 간다"라는 의미를 표현하고자 한 것입니다. '작은 푸른 사람' 행위예술은 2017년에 파리에서 시작해 3년에 걸쳐 모든 파리협정 체결국을 돌며 펼칠 계획입니다. 저는 저축했던 자금을 비용으로 쓸 것이며, 그 어떤 조직도 대표하지 않고, 저의 환경보호를 호소하는 행위예술을 완성할 것입니다. 저의 '푸른 지구의 꿈'은 실행 가능하고 실현 가능하다고 믿습니다! 이 또한 전 세계의 지구를 사랑하는 모든 사람들의 소원이 기도 합니다!

저는 파리협정체결국들을 돌아다니는 이번 환경보호사건을 통해 더 많은 사람들이 환경보호에 관심을 갖고 지구를 사랑하며 파리협정을 주목할 것을 호소할 것이며 매 사람이 자신의 힘이 닿는 한 실제행동으로 환경보호를 지지하고 지구를 보호할 것을 호소할 것입니다!

파리협정을 체결한 모든 국가를 다 돌아다닌 뒤 저는 계속하여 협정을 체결하지 않은 국가들도 돌아다니면서 모든 국가가 동참할 것을 호소할 것입니다. 그래서 전 세계 사람들이 지구를 보호하는 행렬에 적극 참가할 수 있도록 하고 행동에 옮길 수 있도록 할 것입니다. 인류는 하나의 지구 위에서 생활하고 있기 때문에 반드시 한집안 식구처럼 지구를 아껴야 합니다! 푸른 미래를 함께 만들어 가주세요! 이는 제가 환경보호 행위예술에 종사하는 최종 목표입니다!

저는 '저의 푸른 지구 계획'이 귀국에서 지지를 받고 전파될 수 있기를 기대합니다.

콩닝이 마크롱 프랑스 대통령에게 편지를 써 보낸 1개월 뒤에 마크롱 행정실로부터 회답편지를 받았다. 회답편지에서는 마크롱 대통령과 부인 브리짓 여사가 그녀의 환경보호 행위예술을 지지하고 축원한다는 내용이 담겨 있었다. 회답편지의 내용은 다음과 같았다.

공화국 대통령부 행정실 주임
콩닝 여사
주소: 파리시(생략)
우편번호: 75008
지점: 파리시.
날짜: 2018년 1월 24일

존경하는 여사님께:

당신은 당신의 예술작품을 여러 파리협정 체결국 경내에서 순회 전시하겠다는 요청을 국가 원수 각하께 제기하였습니다. 당신의 작품은 '푸른 작은 사람'이라고 이름 지은 긴 드레스이며 분해 가능한 생물 재료를 사용해 제작한 것입니다. 이밖에 당신은 또 국가 원수와 그의 부인 혹은 고문의 관련 제안을 요청했습니다.

당신이 제기한 요청에 따라 공화국 대통령과 브리짓-마크롱(Brigitte MACRON)여사께서는 당신에게 진심으로 감사의 뜻을 전해달라고 저에게 위탁했습니다. 그리고 신청이 심사를 거쳐 통과될 수 있을지 여부를 제가 당신에게 알려드리게 될 것입니다.

그리고 또 국가 원수와 그의 부인의 요구에 따라 당신에게 축하를 보내는 바입니다. 당신이 행위예술을 성공적으로 완성한 것을 축하하고, 당신이 앞으로 더욱 노력해 환경보호에 대한 당신의 여러 가지 약속을 계속 이행할 수 있도록, 그리고 주민들에게 환경보호의 중요성에 대해 대대적으로 홍보할 수 있도록 격려합니다.

존경하는 여사님, 당신에게 가장 숭고한 경의를 표하는 바입니다.

이름: 프랑수아 사비에르 로츠(Francois-Xavier LAUCH) (사인)

서류 참고번호: PDR / SCP / BEAR / HP /318

오늘도 콩닝은 여전히 걷고 있다. 그녀는 파리에서 분해 가능한 재료로 제작한 긴 드레스를 입고 파리 거리를 걷고 있다. 그녀는 분해 가능한 재료로 '작은 푸른 사람'을 새롭게 제작해 2018년 5월 17일부터 '작은 푸른 사람'을 입고 유럽을 돌 계획이다. 그녀는 모로코의 카사블랑카로 가 30개 국가의 거리를 활보할 계획을 시작하려고 한다. 그녀는 또 새로운 작품인 「발레를 하는 마스크」를 제작하려고 한다.

콩닝은 분명 전설이며 한 그루의 보기 드문 식물이다! 그녀는 언제나 우리에게 상상 이상의 경이로움과 기쁨을 가져다주곤 한다. 나는 비가 오는 날, 눈이 오는 날, 세계 구석구석에서 콩닝이 자신의 '작은 푸른 사람'을 입은 모습을 상상하면서 저도 모르게 이런 희망을 걸어본다. 콩닝이 영원히 지금처럼 젊을 수 있기를, 그녀가 전 세계 녹색 환경보호를 촉구하는 충분한 힘을 가질 수 있기를…….

콩닝이 대자연 속에서
그림을 그리는 모습

후기

나의 푸른 지구 꿈

나의 푸른 지구 꿈

나는 천진스럽게도 이런 생각을 한다. 나는 바로 맹목적으로 앞으로 나가고 있는 이 세계에서 기어이 핸들을 꺾으려고 애쓰는 아이이다! 나는 우주에서 온 한 방울의 물방울이다.

영국에서 산업혁명이 일어난 때부터 시작해 사실 지구는 기분이 언짢아지기 시작했다! 사람들은 머리를 짜내 과학을 연구하느라고 무진 애를 쓰는 법을 알게 되었다. 어떤 의미에서 보면 사람들은 인류의 성공을 보았으며 "쓸데없는, 오염된, 나열된, 퇴적된, 폐허와도 같은" 현대화의 실현을 보았다고 말할 수 있다. 사람들은 말을 타고 자전거를 타던 데서부터 비행기와 고속철을 타고 속도를 느낄 수 있게 되었으며, 예전에 체험할 수 없었던 자극을 만끽하게 되었다. 그리고 그런 다음 쓰레기 계약을 체결하기에 급급해 했다. 게다가 마치 앞날에 대해, 길고 먼 미래에 대해서는 생각하지 않고, 집단적으로 시기를 놓칠세라 제 때에 즐기면서 죽기 살기로 제조하고, 건설을 확대하며 자연을 잠식해나가고 있다! 눈부시고 혼란스러운 등불, 현기증을 느낄 정도로 열을 발산하는 건물, 이 모든 것은 사실 사람과는 아무런 관계도 없는 것임에도 사람들은 그것을 수동적으로 받아들이고 거기에 길들여지고 있다. 사람들은 홀로 깨어 조용히 있을 때면 새들이 지저귀는 맑고 깨끗한 소리만 듣고 싶어한다. 그렇기 때문에 환경을 파괴하면서 건설해놓은 현대도시가 반드시 사람들에게 즐거움을 가져다줄 수 있는 것은 아니다! 이미 이 세상을 떠났거나 여전히 이 세상에서 살아가고 있는 사람들은 대량의 물건들을 사용해본 뒤에야 비로소 생명은 벌거벗은 상태로 왔다가 벌거벗은 상태로 간다는 사실을 깨닫게 된다. 차분하게 생각해보면 자신의 혈육과 자신의 몸, 자신이 느끼는 배고픔, 졸리움, 피곤함, 질병 등을 제외한 모든 다른 것은 다자신과 직접적인 관계가 없다. 아주 많은 시간을 사람들은 전적으로 외부적인 것, 상업적인 것에 속박되어 짧은 생명을 달갑게 잠식당하면서 살아가고 있는 것이다.

방대한 제조업은 사나운 기세로 후과를 고려하지 않는다. 대규모의 연구자들은 지구의 심장에서 여러 가지 실험을 진행하고 있다. 핵무기를 포함해서!

이는 모두 기득권층을 위한 서비스로 생각하고 대다수 사람들은 그저 보고만 있을 뿐이다. 이들은 자신이 누리고, 사용하고, 소모하고 있을 때, 말 없는 지구가 이미 분노를 표출하기 시작했다는 사실을 알지 못한다! 그 분노가 화산으로, 쓰나미로 표출되고 있는 것이다! 지구는 인류가 언제면 잘못된 인식에서 깨어날 수 있을지를 두고 보고 있는 것이다.

사실 모든 사람이 눈을 감고 1분만 생각해보자. 그대에게 필요한 것이 무엇인지를……? 그러면 사랑! 이해! 이런 해답을 얻을 수 있을 것이다.

그러나 인류는 흥분해서 재부를 창조하고 슈퍼대국이 되는 것에만 혈안이 되어 있다. 사실 그대가 잠든 사이에 지구는 정에 겨워 그대를 바라보면서 혼잣말을 중얼거리고 있다. "모두들 젊음을 낭비하고 있구나. 아름다운 경치를 스스로 망치고 있구나. 매 순간 내 몸에 긋거나 파거나 뚫어 상처자국을 내고 있구나!" 갈수록 냉담해지고 있는 인류가 생명이 없는 대형 괴물을 만들어가고 있다. 지구는 이제 더 이상 그 쓰레기들과 함께 생존할 수 없게 되었다!

사실 이는 지구가 보고자 하는, 지구가 원하는, 인류가 대뇌와 지혜로써 발전시켜 나가는 세계가 아니며, 탐욕을 덮어 감춘 꾸며진 문명이 아니다. 사람들은 녹슨 금은조각으로 가득 찬 절망의 시대에 들어섰다.

　나는 어렸을 때부터 시공간을 넘어 나타난 아이라고 말하고 싶다! 마치 우주에서 지구를 아끼고 지켜주라고 보낸 바보 아이일 것이다! 내가 6살 때 정말로 지구 밖에 쪼그리고 앉아서 회전하는 지구에 수많은 두드러기가 나 있는 것을 보았으며, 지구가 많은 아픔을 안고 있는 것을 보았다. 나는 지구에 대해 알고 있다! 그래서 나는 자신도 모르게 사람인 듯 아닌 듯 이 세계에서 살아가면서 자신도 모르게 고통 속에서 생각하고 있다. 그리고 작품 창작을 통해 특히 그림과 행위예술을 통해 어린 시절 우주가 나에게 부여한 사명을 완정하게 재현해냈다.〈사진 40〉

　내가 말하는 푸른 지구는 실현할 수 있는 것이며, 진정 현대화한 푸른 지구이며, 친환경 순환 사슬이다! 그 지구에서는 모든 사람이 친환경 물품의 발명자, 제조자. 구매자, 생산자, 저축자가 될 것이다. 창조자 매개인은 사랑과 영혼을 갖춘 이들로서 구매하는 물품은 모두 세계에서 유일한 것이 될 것이며, 지구로 회귀할 수 있는 예술품일 것이다!

〈사진 40〉 작업실에서 작품들과 함께

미래 세계에서는 모든 사람이 생산자요, 발명가요, 예술가일 것이다! 그들 모두가 예술세포와 생태세포를 갖춘 이들일 것이다! 지구로 회귀하는 시대가 온 것이다! 모든 사람이 지구의 가장 아름다운 모습을 복원할 수 있도록 적극적으로 관심을 기울여야 할 때이다.

이 세계에서는 앞으로 반드시 모든 도시에 투명한 구형의 지구 슈퍼마켓을 건설하게 될 것이다! 그것은 인류의 수요를 채집하는 공간으로서 쇼핑과 참관, 깨우침을 일체화한 거대한 원 모양의 초현실적인, 마법의 슈퍼마켓이 될 것이다. 그대가 그 슈퍼마켓에 들어서서 세계 각지 모든 사람이 발명한 물품을, 혹은 필요한 물품을 터치하기만 하면, 신호가 전 세계 구석구석으로 발송되어 그대가 필요한 물품 관련 정보가 발명자에게 직접 전해져 그 물품 제조자가 그대에게 물품을 발송하게 될 것이다. 그 과정은 그대가 자연의 시공간을 넘나드는 과정이 될 것이다! 그리고 또 그대가 선택한 물품이 언제 잎이나 보릿대로 변할 것이라고 알려줄 것이다!

나는 이 세계에서 라인 작업이 없어져야 하고 넓은 면적의 창고와 오래 묵은 물품이 없어져야 한다고 생각한다. 그리 되면 농지를 비워줄 수 있고 자연을 비워줄 수 있다! 끊임없는 공장 건설로 인해 지구에 너무 많은 무게를 가중시키고 있기 때문이다! 사실 계속 쌓이고 있는 많은 물질이 모두 자연이 감당하고 삼켜야 할 쓰레기이다.

내가 말하는 '가볍다'는 개념은 모든 사람이 그 구형 안에 들어설 때 이미 무게가 가벼워지고 승화되며 기쁨을 느끼게 됨을 가리킨다! 초현실적인 쇼핑 공간을 통해 그대는 새로운 생명을 얻을 수 있을 것이다. 그대가 자신이 원하는 물품을 클릭하는 것은 그대의 수요만이 아니라 영혼이 있고 사랑이 있는 물품인 것이다! 그대가 푸른 지구의 일원이 되었다는 것에 의미가 있다. 그대가 구매한 것은 아프리카의 한 어린이가 상상해낸, 풀로써 만든 접시가 될 수도 있다. 단 가장 위대한 사실은 그 모든 물품들이 자연으로 되돌아갈 수 있고 비료로 변화할 수 있다는 것이다! 테이블과 의자, 걸상, 가옥 모두가 분해 가능한 자연에서 온 물건들이다! 그 물건들이 앞으로 바다 밑으로 되돌아가고 농토로 되돌아가며 삼림 속에 잠들 수 있는 것이다.

내가 왜 다년간 푸른 하늘과, 우림과, 푸른 잎 등과 웨딩마치를 울리는 30 여 개의 행위예술을 이어왔는지 돌이켜 생각해보면, 그것은 나의 사명이요,

미래에 아이들이 지구신부 인형을 안아보려고 기다리고 있기 때문이라고 생각된다. 그 친환경 인형들을 통해 아이들은 눈만 뜨면 사람과 자연이 일체임을 분별할 수 있게 될 것이다. 아이들이 조금 커서 나뭇잎을 몸에 걸친 지구신부가 필요 없을 때가 되면, 그 인형이 화분 속에서 잠이 들면, 한 떨기의 꽃으로 변할 수도 있고, 또 비료로도 변할 수 있다고 알려주는 것이다! 화분의 꽃이 특별히 산뜻하고 특별히 아름답게 피어났을 때 여자아이는 자신이 바로 자연임을, 그리고 다시 태어날 수 있을 것임을 알게 될 것이다!

누가 나의 이 지구 슈퍼마켓에 대해 이해할 수 있을지에 대해 나는 항상 생각하고 있었다. 나는 중국에서 에어컨을 생산하는 둥밍주董明珠나 냉장고를 생산하는 장루이민張瑞敏을 찾아갈까도 생각해본 적이 있다. 그들이 생산하는 에어컨과 냉장고가 모두 멀티미디어형의 영혼이 있는, 특별히 초현실적인 물품으로 바뀌어 냉장고와 에어컨이 단일한 실용 기능만 갖춘 것이 아닌, 생명이 있는 종으로 바뀌어야 한다! 딱딱하게 바닥 위에 놓여 있거나 벽에 걸려 있게만 해서는 안 된다. 그들은 자유로이 이동할 수도 있고 숨도 쉴 수 있으며 색깔도 바뀌게 할 수 있을 것이다. 디지털 모듈로써 원래의 묵직한 엔진을 대체하고, 마이크로 회로로 냉각 시뮬레이션을 진행한다! 자연의 이치에 따라 가끔은 자동적으로 전기가 차단되더라도 다양한 예술로부터 오는, 대자연으로부터 오는 소리를 접수할 수 있게 되는 것이다. 하나의 멀티미디어가 한 환경보호자가 수송하는 설산雪山의 생명체를 접수할 수 있고, 여러 가지 식물의 미소를 접수할 수 있는 것이다! 그대는 원숭이와 대화할 수 있고 펭귄에게 손을 흔들어 보일 수도 있다.

　나는『큰 눈』이라는 제목으로 영화를 한 부 찍고 싶다. 그 눈은 곧 사명을 안고 온 것이다! 인류의 눈이 아니라 문제를 해결하는 눈이다! 이렇게 여러 해 동안 행위예술에 종사해오면서 매번 직접 만든 자연의 의미를 상징하는 드레스 장치 작품을 몸에 걸치고 고개를 들어 하늘을 바라볼 때면, 마치 하늘이 나에게 입을 맞추는 느낌이 들곤 한다! 그때마다 눈에서 눈물이 나도 모르게 흘러내린다! 나는 마치 나도 모르는 사이에 우주가 나에게 맡겨준 임무를 완성한 것 같다! 한 걸음 한 걸음씩 앞으로 걸어가노라면 나는 마치 우주와의 약속을 이행해나가고 있는 것만 같다. 〈사진 41〉

〈사진 41〉 콩닝의 행위 예술 '큰 눈'이 2017년 3월 6일 파리 퐁피두센터에서 펼쳐졌다.

나는 하루 빨리 『큰 눈』이라는 영화를 찍기를 희망한다. 전 세계는 영국의 산업혁명 때부터 장기간에 걸쳐 습관이 된 그릇된 인식에 빠져들었다. 사람들은 끊임없이 집을 짓고 제조하고 있다! 그러나 그 물건들은 지구를 불편하게 만들고 있으며, 지구에게 아픔을 가져다주고 있다! 건설을 위해서는 돈이 필요하기 때문에 사람들은 석유, 무기 등의 거래를 진행한다. 지구를 다 파먹고 사람들의 피땀도 탈탈 털어 오염된, 사치스러운, 끝도 한도 없는 욕망으로 가득 찬 환경을 조성한다. 이 모든 것을 사람들은 정말로 좋아하고 즐기고 있을까? 지구가 흐느끼는 소리가 그대들에게는 들리지 않는단 말인가!

나의 '친환경 지구 슈퍼마켓'은 허황된 꿈이 아니다! 그 지구 슈퍼마켓은 전 세계의 모든 사람이 그 '친환경 접속중심 구체'를 통해 자신의 생각을 현실로 만들 수 있다. 즉 자신이 발명한 것, 옥수수나 나뭇잎으로 제작한 옷, 양말, 테이블, 걸상이 될 수도 있고, 무릇 인류에게 필요한 제품은 뭐든 다 발명할 수 있다! 단 그 물품들은 반드시 지구로 되돌아가 다시 꽃이 되고, 바다와 아름다운 호수로 다시 돌아갈 수 있어야 하며, 또 더 높은 나뭇가지로 자라날 수 있어야 한다.

만약 '친환경 지구 슈퍼마켓'이 현실로 된다면 지구는 인류를 신뢰할 것이며, 인류와 함께 즐거워할 수 있게 될 것이다! 이것이야말로 인류의 최종 세계이며, 또 인류의 대뇌에 의해 창조된 현대화한, 원시적이고 즐거운 마법의 세계인 것이다.

그때가 되면 사람들은 서로 어울릴 수 있을 것이다. 예를 들면 우리는 창문을 서로 바꿔 맞출 수 있다. 태국의 창문, 아프리카의 지붕, 토마토주스로 만든 스페인의 타일 한 조각을 끼워 맞출 수도 있다! 내가 말하는 이들 집과 창문은 블록놀이와 같은 것이며 오래된 현대 건물과 같은 것이 아니다.

우리는 숨도 쉴 수 있고 먹을 수도 있는 집에서 살게 될 것이다. 이는 마법 같은 생태 건물이다! 모두 서로 바꿀 수 있다! 그리 되면 친환경 공간 속에 친환경 은행이 있어 거래를 통해 친환경 지폐를 나누어 주어 달러화를 대체해버릴 수 있기 때문이다. 이 친환경 사슬이 미래 3백 년 안에 거대한 친환경 경제를 탄생시킬 것이다. 그리되면 대규모 그룹의 공장들이 독점하고 패권을 누리는 현상이 사라질 것이다! 그러면 이 세계는 모든 사람이 지구의 주인이 될 것이다! 우리가 생산한 제품이 창조하는 이윤과 세수소득의 절반은 지구가 지배할 수 있게 한다! 그래서 지구에서 햇살이 더 눈부시고 공기가 더 맑으며 인류가 더 건강하고 홀가분하게 살아갈 수 있게 한다! 게다가 교류와 거래에서 국가간 경계선을 없앤다! 피로와 공포를 없애고 사람들은 안정적이고 평화로워지며, 빈부격차가 줄어들며 매일 기적이 일어나 인류의 친환경 사유를 이끌어낸다! 그리고 더 많은 친환경 슈퍼마켓 영업망을 수립한다. 그 친환경 슈퍼마켓은 어느 한 개인의 기업이 아니다. 그것은 참여자들에게 속하고 우주공간에서 관리하며 창조해낸 이윤은 혁신을 가져온 창조자들에게 넘겨 지배하도록 한다. 그리고 창조한 잉여가치로 더 많은 친환경 공간을 만들 것이다! 그 공간들도 모두 가벼운 하나의 구체로서 역시 지구가 낳은 알일 것이다! 그 친환경 지구 슈퍼마켓에는 몇 만을 헤아리는 종류의 제품, 혹은 하나의 제품이 있다! 그 제품들은 모든 사람을 친환경 부자로, 하나의 충실한 생명으로, 하나의 분발하는 생명으로, 하나의 진정한 생명으로 변화시킬 것이다!

앞에서 말했다시피 내가 어렸을 때 시공간을 넘나든 환각이 나타났었다. 2006년 충원면에 위치한 집에서 자고 있었는데, 내가 사는 12층 건물이 V자

모양으로 입을 벌렸다! 나는 하나의 거대한 두상頭像이 하늘에서 내려다보고 있는 것을 분명히 보았다. 그 두상은 자신이 나의 아버지라고 말했다! 사실 나는 확실히 여러 가지 환각을 보았었다. 사실은 그것이야말로 가장 진실한 세계인 것이다! 나는 지금 사람들이 진실하지 않은 잘못된 인식에 빠졌다고 생각한다. 계속 이렇게 나가다가는 세계가 사라지게 될 것이다! 사람들은 지구에 정말 신경이 있다는 사실을 알지 못할 수 있다! 지구는 숨을 쉴 수 있고 맥박도 뛴다! 인류가 지구를 너무 괴롭혀 지구의 신경이 다 끊어지고 혈액 공급이 안 되며 근육이 없어지고 힘이 없어지면 지구는 사망하게 된다! 그러면 인류도 이 세상에서 사라지게 된다. 그렇기 때문에 나는 반드시 인류의 그릇된 생존 이념을 만회해야 한다고 생각한다. 인류는 지구에 속죄해야 한다! 인류에게는 더 큰 정신적인 재부가 필요하다! 이것이 바로 내가 해야 할 일이다!

사람들은 개체가 우주의 일원이 될 수 있다는 사실을 잊고 있다! 나에게는 우주 아버지가 있다! 그대들 모든 사람들에게도 있을 수 있다! 우리는 하나의 푸른 지구 위에서 함께 살아가고 있다! 한 공간에서 말이다! 물론 우리는 개인의 사생활을 보유하고 있다! 그러나 우리의 대부분은 지구와 융합되어 있는 것이다!

내가 '작은 푸른 사람'을 업고 파리협정을 체결한 국가들을 돌면서 실용적이며 홀가분하고 친환경적이며 사랑으로 가득 찬 나의 구상을 이르는 나라들에게 알릴 수 있기를 희망한다. 물방울 구체로 된 친환경 지구 슈퍼마켓은 발명자와 제조자, 생산자, 주문구매자, 판매자가 일체를 이루어 교역을 통해 녹색 수익을 얻고, 세수 수입은 또 다른 한 물방울로 된 친환경 지구 슈퍼마켓에 투자하는 것으로서, 더 많은 사람들이 참여해 푸른 지구의 일원이 되도록 하는 것이다. 그래서 달에서 지구를 내려다보면 지구 위에 온통 맑고 투명한 물방울들로 가득 찬 것을 볼 수 있을 것이다! 대지는 자연과 물방울로 이루어져 있을 것이다! 인류가 진정 물방울이 되어 있는 세계야말로 아름답고 조화로운 세계인 것이다!

그 투명한 구체의 중계역은 지구와 마찬가지로 밤낮없이 끊임없이 회전하게 될 것이다. 한 사람, 혹은 1001명의 사람이 제작하게 될 것이다. 어느 나라 대통령이 나의 이 푸른 지구 이념을 이해할 수 있으며, 우리가 살아가고 있는 이 지구를 진정으로 이해하고 알 수 있을까? 그대가 통치하는 이 나라의 문제가 어디에 있는지 포함해서 말이다! 그리고 어느 나라 대통령이 나의 이런 가장 자연적이고 천진한 깨우침을 거쳐 진정으로 친환경 지구 슈퍼마켓을 건설하려고 나설 것인가? 한 걸음 앞서 가는 대통령은 반드시 녹색의 친환경 대통령일 것이며, 영혼이 있는 대통령일 것이다! 이것을 나는 기대하고 있다.

　나의 몸 안에서 절반은 특별한 영기靈氣와 용맹을 띤 기질이 차지하고, 다른 절반은 귀기鬼氣와 외계인의 기질이 차지하고 있다! 두 가지 기질을 다 갖춘 것이다! 그래서 나는 정말 '정상적인 사람'은 아닌 것이다. 나는 우주의 아이다.

콩닝이
2017년 6월에

콩닝의 행위 예술 「나는 지구의 알」

초원에서 몽고 텐트인 겔 위에다 그림을 그리고 있는 콩닝

콩닝이 제작한 「마스크신부」 장치

콩닝의 유화 「생명의 나무」

콩닝의 유화 작업 모습

전 세계를 걸어간 콩닝의 「작은 푸른 사람」